人文阅读与收藏·良友文学丛书

舒乙题

原丛书主编：赵家璧

特邀顾问：舒　乙　赵修慧　赵修义　赵修礼　于润琦

出 品 人：马连弟
监　　制：李晓琤
执　　行：张娟平
统　　筹：吴　晞　姚　兰
装帧设计：赵泽阳

特别鸣谢（按姓氏笔画排列）：
韦　韬　叶永和　李小林　沈龙朱　陈小滢　杨子耘
张　章　周　雯　周吉仲　舒　乙　蒋祖林　施　莲
姚　昕　俞昌实　钟　蕻　郑延顺　赵修慧
以及在版权联系过程中尚未联系到的作者或家属

特别鸣谢：
上海鲁迅纪念馆
北京鲁迅博物馆
北京大学中国语言文学系
复旦大学中国语言文学系
中国作家协会权益保障委员会

人文阅读与收藏·良友文学丛书

电

巴　金著

中国国际广播出版社

良友版《电》精装本封面

良友版《电》扉页

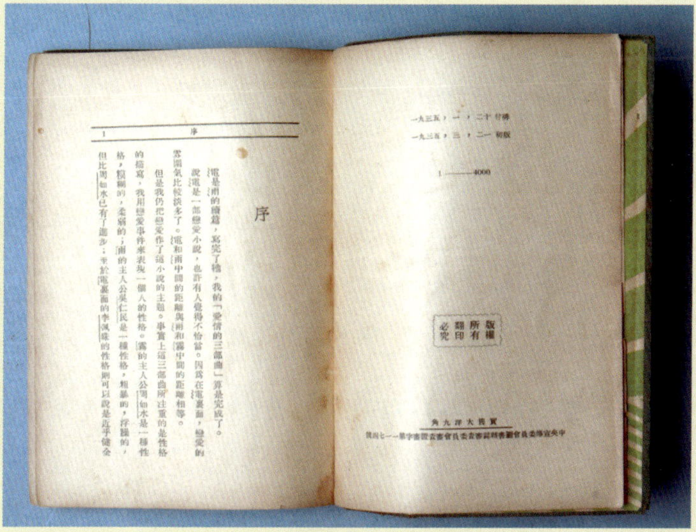

良友版《电》版权页和内文第一页

良友版《电》内文

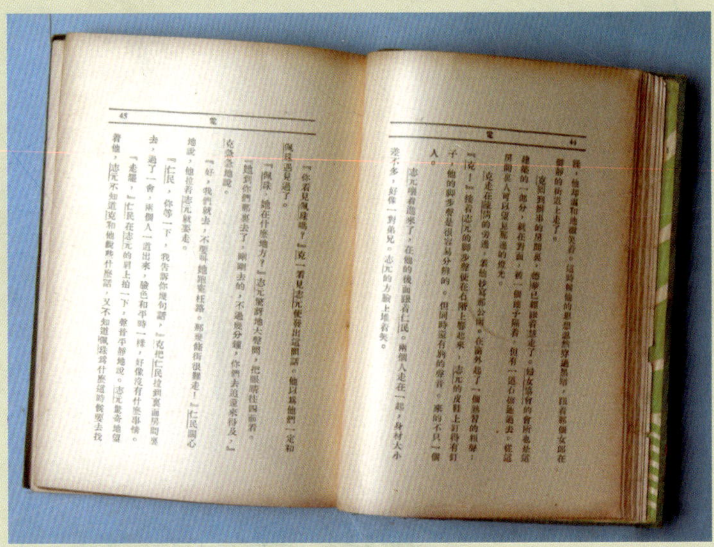

《良友文学丛书》新版出版说明

二十世纪三四十年代，著名编辑赵家璧在上海良友图书公司老板伍联德的支持下，历经十余年，陆续出版《良友文学丛书》，计四十余种。其中三十九种在上海出版，各书循序编号，后出几种则无。该套丛书以收入当时左翼及进步作家的作品为主，也选入其他各派作家作品。其中小说居多，兼及散文和文艺论著；第一号是鲁迅的译作《竖琴》。丛书一律软布面精装（亦有平装普及本），外加彩印封套，书页选用米色道林纸，售价均为大洋九角。

《良友文学丛书》选目精良，在现在看来，皆为名家名作；布面精装的装帧更是被许多爱书人誉为“有型有款”。不可否认，在装帧设计日益进步的当下，这套出版于二十世纪三四十年代的丛书外形已难称书中翘楚，但因岁月洗汰，人为毁弃，这套曾在出版史上一度“金碧辉煌”过的丛书首版已然成为新文学极其珍贵的稀见“善本”。

在《良友文学丛书》首版八十周年之际，为满足现代普通读者和图书馆对该丛书阅读与收藏的需求，我们依据《良友文学丛书》旧版进行再版（四种特大本不在其列）。本着尊重旧版原貌的原则，仅对旧版中失校之处予以订正。新版《良友文学丛书》采用简体横排的形式，以旧版书影做插图，装帧力求保持旧版风格，又满足当下读者的审美趣味。希望这一出版活动对缅怀中国出版前辈们的历史功绩和传承中国文化有所裨益，也希望广大读者多提宝贵意见和建议，以便我们把日后的工作做得更好。

《良友文学丛书》新版校订说明

一、本丛书收录原良友图书公司编辑赵家璧主编《良友文学丛书》共四十六种（四种特大本不在其列），乃为目前发现且确系良友版之全部。

二、此番印行各书，均选择《良友文学丛书》旧版作为底本，编辑内容等一律保持原貌，未予改窜删削。

三、所做校订工作，限于以下各项：

（1）将繁体字改为简体字；

（2）原作注释完全保留；

（3）尽量搜求多种印本等资料进行校勘，并对显系排印失校者在编辑中酌予订正；

（4）前后字词用法不一致处，一般不做统一纠正；

（5）给正文中提到的书籍和文章及其他作品标上书名号，原作书名写法不规范、不便添加符号者，容有空缺；

（6）书名号以外其他标点符号用法，多依从作者习惯，除个别明显排印有误者外均未予改动。

序

《电》是《雨》的续篇，写完了它，我的“爱情的三部曲”算是完成了。

说《电》是一部恋爱小说，也许有人觉得不恰当。因为在《电》里面，恋爱的雰围气比较淡多了。《电》和《雨》中间的距离与《雨》和《雾》中间的距离相等。

但是我仍把恋爱作了这小说的主题。事实上这三部曲所注重的是性格的描写，我用恋爱事件来表现一个人的性格。《雾》的主人公周如水是一种性格，模糊的，柔弱的；《雨》的主人公吴仁民是一种性格，粗暴的，浮躁的，但比周如水已有了进步；至于《电》里面的李佩珠的性格则可以说是近乎健全了。

不过《电》和《雨》不同，和《雾》更有了差别。《电》里面的主人公有好几个，而且头绪很多，它很适合《电》这个题目，因为恰像几股电光接连地在漆黑的天空里闪耀。

还有一个短篇《雷》算是一个小小的插曲，它应该放在《雾》的后面，现在却收在我最近的一本短篇集《沉默》里了。《电》里面的几个人物慧，敏，明，碧，影都曾在《雷》里面现身过。

这小说是在一个极其安舒的环境里写下来的。一个朋友让我住在他寄寓的花园里面，过了三个星期的清闲生活，使我从容地完成了这“爱情的三部曲”的最后一部。我应该在这里感谢他。

一九三四年九月在北平

電　1

一

“佩珠，佩珠。”

一个青年学生站在石阶上用手轻轻敲着窗板，低声唤着那名字。

“是贤吗？你等一下罢。”从房里送出来一个清脆的声音。

“你还没有起来？他们要你到雄那里去。”学生说着微微地笑了。

“什么事情？这样早，我还没看见太阳呢！”一个女郎在房间里带笑地说。

“你要等太阳？要到下午太阳才会照到你的窗上来！”学生扑嗤笑了起来，接着又催促道：“快点，快点。”

房门轻轻地响一声，便开了，一个年青的女郎从里面走出来，她走到学生的身边，把右手在他的肩上一拍，微笑地责备说：“你这顽皮的孩子，这么早就把人家吵醒了。究竟有什么事情?”

学生把脸掉过来看了看女郎的鹅蛋形的脸，笑一笑，接着就换了一个庄严的表情低声说：“有人从S地来了。雄他们要你去。”

这时候吹起了一阵微风，天井里那株树上许多只麻雀吵闹地叫起来。学生的话被这叫声掩盖了。但是在女郎的心里它们却清晰地响着。

有人从S地来，这么早他们就要她去，一定有什么重要的事情……佩珠这样一想，她的面容也就变得庄严了。

“好，我就跟你去，你等我一下，”她低低地对学生说，就往房里走，那学生跟着她进了房间。

房里的陈设很简单：一张大的架子床横在中间，把房间隔成了两部分，帐子垂下来遮住了后面一部分的地位，但床头留了一些空间通到里面去。靠着窗放一张书桌，一个书架，此外还有一张小方桌和椅子，凳子。

这个叫做贤的学生是常来这里的客人，他用不着受什么款待。他一进屋，就动手翻阅桌上的书报和纸件，好像是在自己的家里一样。女郎并不干涉他，让他做着他所愿做的事。她却捧了面盆走出这房间，通过天井进里面去了。

过了一会儿女郎又捧了面盆进来。她问道：“你等得不耐烦了吗?”

“没有什么，我在看你父亲的来信，很有意思。”学生高兴地回答着，他的眼睛还在信纸上。

“我父亲很配做一个说教者，他给我写信和他给别的学生写信都是一样的口气。许多人都说他的道学气太重。你高兴和他通信吗？”佩珠已经走进里面去了，她的这些话都是从床后面传出来的。

“好，佩珠，你就给我介绍。……你得了德华的信吗？她什么时候回来？”贤折好信，依旧把它夹在一本书里面。他想到了另一件事情。他想到了德华。德华是一个女学生，她就住在佩珠这里。但目前回乡下去了。

“我昨天还接到她的信。她大概就在这两天回来。”佩珠在里面回答说，过后走出来。她忽然带笑地问：“明怎么样？”

“你不是常常看见他吗？他永远忙碌着，不喜欢说话，总是带着忧愁的面孔，”贤把信封抛掷在桌上，回头去看佩珠。“慧说明爱上了德华，我却不信！”

“你这孩子，你还不懂得这些事情。我们走罢。”佩珠玩笑似地在贤的肩头拍了一下就拉着他走出房门，把门锁了。

他们快走出大门，一个声音便从后面追来：“佩珠，这么早你出去？”一个老太婆正走下天井来唤他们。“吃了早饭再走，贤，你也留着。”她用一对带笑的眼睛看着这两个年青的面孔。

“我不吃。我陪着贤到学校去。”佩珠站住了，对着老太婆微微一笑。脸部的表情是很亲切的。

“林舍，”贤也笑着唤那个老太婆。

“你们年青人整天忙着，究竟干些什么？你们吃过早饭再走呀！”老太婆大声说着便向他们走来。她走得快，不管她有着一个肥胖的身体和一双缠过的小脚。头发已经灰白了，但圆脸上还有些光泽，那笑容时常留在她的脸上。她爱这些年青人，好像爱他的儿子；他们也爱她，把她当作母亲一般。

“英还在睡吗？”贤这样问，英是林舍的儿子，刚刚在初中毕业了。但他不是林舍亲生的，他是买来的。在这城里有一种习惯，没有儿子的人家可以花钱买了小孩来养。

“他睡得很好。昨晚上他很晚才回来。”林舍温和地回答说，又笑着问：“你们要叫他起来吗？”

“不要叫，让他好好地睡罢，”佩珠连忙阻止说。“我们走了。”两个人走出来，和林舍打一个招呼。让林舍把门关了。

街道上很静寂，没有别的行人。全是石板铺的窄路，青草在路边石板缝隙里生长着，显出得意的恣态。阳光染黄了半段墙头，几株龙眼树从旧院子里伸出头来。空气里充满了早晨的香气。这两个青年正迎着太阳走，把全个身子都沐浴在光明里面。

佩珠好几次在街中停了脚步，仰起头半闭着眼睛，深深呼吸了几口，仿佛要把光明都吸进肚里去，过后她带了感动的表情低低叫出了几个“呵”字。贤在旁边默默地看着她，脸上带了好奇的笑。

“快点走，快点走，不然他们又会说是我耽搁了，”贤终于忍不住催促起来。

“你这孩子，倒这么厉害。”佩珠又把手在他的肩头拍一下。她比他差不多要高过一个头。他已经过了十六岁，但看起来却只是个十三四岁的孩子。“你加入我们里面来有多久了？”

“两年了，”贤得意地说，他做了一个姿势，好像要把他的年纪显得更大一点。

佩珠笑了，这是善意的笑。她忽然止了笑问道：“你猜我有多年的历史？”

“谁知道？他们只告诉过我，你到这里来也不过两年多，”贤直率地回答。这时候他们穿过了一条热闹的马路，走进另一条石板铺的窄巷里去。

“不说这个了。贤，我问你，你也觉得太阳可爱吗？”佩珠换过话题这样问道。

“太阳常常把人头都要晒焦了。它有什么可爱？我只喜欢雪。听说在你们那里每年冬天都要落雪。是那么白，那么干净。我们这里却永远看不见，”贤带了渴望的神情说。他极力在想像里去寻找雪的形状。他仿佛看见一片白的发光的东西盖住了一切，房屋，树木，土地，全是白的。没有风，没有寒冷，没有黑暗。

“那么，我带你到我们那里去罢，”佩珠忍住笑说。

“不，我不能去，我这里有事情。人不应该随着自己的意思到处跑。工作更重要。”贤换了严肃的表情说。

佩珠又笑了：“你说话，就像我父亲。你将来也是一个说教者。……太阳，那才可爱，当我沐浴在阳光里的时候，我真想把全个身子都溶化在那金光里面。……它点燃了我心里的火，它把我的血烧起来。我只觉得身体内装满了什么东西，要发泄出来一般。”她说到这儿又把头仰起望着那乳蓝色的天空，深深地呼吸了几口气，脸上露了笑容，过后又更轻快地往前面走了。

贤一面走着，一面带了笑容看她。他也觉得很轻快，好像全个身子就要往空中飞。他的眼前的一切全是鲜明的，清洁的，他的心也是这样。他是这样的一个青年，他没有悲哀，他没有憎恨，一只温暖的手常常爱抚着他。给他扫去了一切。这手不是一个人的，是许多人的。过去的两年不曾给了他一点痛的回忆。

“佩珠，你有弟弟吗？”他忽然想到这句话，便开口问，两只黑眼睛定在佩珠的脸上。

“你这孩子，我不是告诉过你好几次了吗？”佩珠把手轻轻在他的头上一拍责备似地说。“你的记性这样坏。”

“我希望有一个像你这样的姊姊，”贤把一对黑瞳子转了一圈，换了个庄严的表情，他又把嘴闭起来，包住了他的略略突出来的牙齿，那神情很有些可笑。

佩珠忍不住扑嗤笑了：“你不要做这种傻样子罢。你这张小嘴真有趣，说些话总是甜甜的，怪不得大家都喜欢你，你的姊姊不是多着吗？碧也是，慧也是，影也是，德华也是，还有许许多多。我有什么特别好呢？”

“但是我特别喜欢你”，贤说着满意地微笑了，他的一嘴的白牙齿又完全露了出来。“大家都说你好。”他拉着她的一只膀子，像一个顽皮的孩子那样地纠缠着。

佩珠一面笑，一面抚摩他的被乱发盖着的圆圆的头，口里说：“你是被大家娇养惯了的孩子。我们以后应该严厉地教训你才对。……现在好好地走罢。快到了。”她挣脱了他的手，走开在一边，把衣服整理了一下。她穿着普通女学生的装束：花格子布的短衫，配着青的短裙，一头浓发飘散地垂在脑后。贤也不再露笑容了。他见了那个院子，一株龙眼树从里面伸出头来，恰恰遮住了门前的阳光，对面是一堵破旧的墙壁，墙头生长着龙舌兰和仙人鞭，街心的石板已经破碎了大半，路显得很不平坦，草从缝隙里茂盛地生长出来。是一条荒凉的陋巷，是一个修建了多年的旧院子。“到了”，好像有一个声音在他的心里叫起来。他觉得很高兴，便加速了脚步，把佩珠撇在后面，很快地走到了那门前。

贤上了石阶，把一只小手在那油漆剥落了的黄色的门上擂着，这时候佩珠已经赶上来了，只听见里面有人用本地话问道：“什么人？”

“雄，是我，”贤分辨得出这是谁的声音，他用本地话回答着。

门开了，露了一个缝隙，一个穿藏青西装的长身青年现了一下，给外面的两人打个招呼，让出一个地位，给他们走进去了。于是大门又关起来，关闭了里面的一切，静静的，没有一点声音。

佩珠和贤进了雄的书斋，那里面已经有了好几个人，他们正挤在一张方桌旁边，俯着头看什么东西，听见说佩珠来了，便站开来招呼她。而贤却在这时候出去了。

“我来迟了”，佩珠抱歉地说，她一面把眼瞳儿在每个人的脸上转了一下。一个似乎是陌生的，但又是熟习的面孔留住了她的眼光。一个身材略微高大的人站在她的面前，伸出一只肥大的手给她，用清朗的声音说：“佩珠，你好吗？”那略带了点仓老样子的圆脸上露了一个微笑。

“仁民，是你！贤这顽皮的孩子却不早告诉我！”她快活地伸出手给那肥大的手掌握了。

仁民微微一笑慢慢儿放开了佩珠的手。在旁边一个方脸阔嘴的汉子接口说：“他剃光了胡子，我们几乎不认识他了。”他亲密地把手在仁民的肩上拍着。

“你来，我们更热闹了，你预备在这里久住吗？”佩珠的一双清澄的大眼里射出了喜悦的光辉，她温和地望着仁民的脸，等候他的回答。

仁民把手插在西装裤袋里，站在屋子的中央，他的西装上衣敞开来，露出了那米色衬衫掩盖着的结实的胸膛。他立在那里好像一座石像。喜悦的表情留在他的脸上，他迅速地动着头，他望望佩珠，望望志元，志元就是方脸阔嘴的汉子的名字，又望望别的人。他满意地说：“你们都好，都很好。”又回答佩珠道：“我在这里不会住多久。我就要走的。”他的眼光仍旧留在佩珠的脸上，他又笑了，温和地说：“你比从前胖了一点。我想你在这里一定过得很好。”

佩珠把头向后一仰，把那快搭在她的眉上的头发抛到后面去，但她一埋下头，那几缕头发又慢慢地垂下来。她笑着说：“你问问他们，我过得怎样？他们待我真好。这全是他们给我的。”

“剑虹听见这消息一定很高兴。他的精神倒很好，和从前没有两样。只是我却老了一点，自己也觉得。”仁民说着，脸上仍留着笑容，虽然这中间他微微把眉头皱了一下，但马上便恢复了安静的样子。他并没有感伤。他提到的剑虹就是佩珠的父亲，住在S地。

“你倒和从前不同了，”志元插口说。“你比从前好了许多。你还记得你从前在两个女人包围中演恋爱的喜剧的时候?”志元说话素来很率直，他这个人想到什么，便说什么，他不怕他的话会使人难堪。他和平时一样，张开大嘴，喷出了白沫到听话的人的脸上。

仁民把眉头又一皱，但马上用笑容掩盖了。他淡淡地分辩说：“你为什么还提那些事情?我觉得比从前强健多了。我渐渐能够忍耐了。”他说到忍耐就把身子往下一沉，好像在试验他是否有力量把脚跟站定。

“这里的朋友你都认识吗?……你什么时候到的?为什么不先给我们一个信息?”佩珠继续问道，她把眼光在房里几个人的脸上又轮了一转，她看见黄瘦的雄，三角脸的陈清，塌鼻头的云，小脸上戴一对大眼镜的克，眉清目秀的影，面貌丰满的慧，圆脸亮眼睛的敏，小眼睛高颧骨的碧。每个人都用亲切的眼光来回答她的注视。她觉得自己是被一种友爱的环境围绕着，心里非常轻松，说一句话就仿佛在发一个表示快乐的符号。

“我昨晚到的，睡在志元那里。就只见过这些朋友。”仁民回答着，也把眼光在那些男女的面上轮了一转，和佩珠一样，他也得了同样的表示友情的回答。“我素来就不大高兴写信。在信里说话根本就不大方便!”

“我父亲前两天还有信来，也不曾提到你来的事情，”佩珠一面说，便走到方桌旁边。“你们在讨论什么事情吗?仁民，你给我们带来什么好消息?”

仁民也走到方桌旁边，他换了严肃的语调说：“S 地的朋友叫我带了这些信函来和你们商量。在我们那边情形比较困难一点。”他说罢便俯下身子去翻阅桌上的纸件，一张一张地陆续递给佩珠看。

雄和碧出去搬了凳子进来，慧和影也出去搬。凳子全搬进来了，每个人都有一个座位。大家围着方桌坐下，仔细地轮流翻阅桌上的纸件。房里静静的，在天井里谁也不会想到房里会有这许多人。于是仁民的窒息的低声响起来了，是一篇长的报告。过后就有好几个人接连地发言。碧和志元说得最多，佩珠，雄，慧也说得不少。他们的声音都很低，在房间外面人便听不清楚。

在某一点上，一个小的争论起来了，慧和志元站在反对的两方面，两个人起初都不肯让步，反覆争论了好一会儿，众人带了兴味地看着。志元的不清楚的口音渐渐敌不住慧的明快的口齿了，他显得着急起来，差不多红了脸。这其间佩珠却出来抓住了两个人的论点，而极力使它们接近。后来志元作了一个小小让步，让大家修正了慧的提议而通过了。众人又带着微笑来讨论新的问题。没有人觉得奇怪，在他们的会议里事情常常是如此进行的。

这些时候贤在外面天井里闲走着，他不作声，但他并不觉得寂寞。他的脸上时时露了笑容，因为在他的眼睛里现露了另一些景象。

十二点钟的光景会议完毕了，克和陈清先出来，开了大门走了。贤把大门重新关住，院子里又显得热闹起来。

“碧，我们做饭去，”雄拉着他的爱人碧到厅堂后面厨房里去了。

“你们大家来帮忙呀！慧，影，佩珠……都来呀！”碧回过头笑着唤那几个女子。影马上就跟了去。慧应了一声，却依旧留在天井里面。佩珠已经走上了厅堂，却被志元唤住了。志元说：“佩珠，你不要去，我们来陪仁民多谈谈话呀！”

贤跟在佩珠后面，佩珠回转了身子对贤说：“贤，你进去罢，”她走回天井里，靠着一株龙眼树站着。

仁民正在天井里踱着，一面和志元谈话，看见佩珠便停住脚步，把她端详了一下，微笑说：“佩珠比从前高了一点，从前她梳了两根辫子垂在脑后，好像一个小姑娘。”

志元第一个粗声笑起来，接着别人都笑了，佩珠自己也忍不住笑，她并没有红脸，却说道：“听你这口气好像你就是我的父亲。可惜你的年纪还没有那样大。”

“你说我老？我不相信。我们这般人是不会老的，”仁民最不愿意听见别人说他老，他一听见就分辩，他的态度是半正经半开玩笑的。

“说得好！”志元在旁边拍手称赞起来，仁民掉过头看他，嘲笑似地说：“你还是从前那样子。”

“你还记得从前的事情吗？”志元哈哈笑道。“还有那个女人……她叫什么名字，我只记得她姓熊……你那时候正迷着她。她嫁给那官僚去了。……你为了她还骂过我。”

仁民用责备的眼光看了志元一眼，似乎怪他不该说出这些话。他把眉头略微一皱，把嘴唇皮一咬，低声说：“她已经死了。她嫁了那官僚不到一年便被抛弃，那时候她的病已经沉重，不久便孤寂的死在医院里。我不知道她的坟墓在什么地方。人死了，用不着再提了。”他的声音有些苦涩，他也不再说下去，便埋下了头。

众人都知道仁民和那个姓熊的女人的关系，看见他现出这样子就不好说什么话。志元和佩珠知道得更清楚，因为那时候他们都在S地；尤其是佩珠她想到那个为了爱情牺牲的脆弱的女人，心里也有些不愉快。志元很后悔不该提起那个女人，却找不出话来表示歉意，他为这事情窘住了，他以为仁民在暗暗吞眼泪。

仁民抬起了头，他的眼睛是干的，他嘘了一口气，惊讶地问众人道：“你们为什么都不说话？”

志元把手在他的肩头轻轻拍了几下，一时间说不出话来。佩珠却朗朗地说了：“我只记得她的一句话：事业上的安慰才是真正的安慰。”

仁民感动地看了佩珠一眼，然后用平静的声音说：“你们以为我还想念着那个女人吗？我的心已经很平静了。佩珠你一定可以看出来。”他又抓住志元的手膀说：“我不会再为那些事情流眼泪了。你不要替我担心。我比从前强健多了，我不需要什么安慰。”他把眼睛向天空看，天空是蓝的，非常清朗，没有云，于是一个光耀夺目的太阳遮住了他的眼睛。他埋下头来，眼睛里全是金光，并没有那一个凄哀的面孔。

志元和一种感情挣扎着，正要开口说话，忽然埋下头打了一个大喷嚏。那声音很大，就和“哎哟”相像，仿佛有人在鞭打他的背。他抬起头，嘴边尽是鼻涕和口涎，他慢慢地摸出手帕揩拭了。

“志元你哭了?”慧在旁边嘲笑说，她正在和敏说话，便停了来看志元。

“慧，你几时看见我哭过?”志元着急地分辩道，又张开他的大嘴露出那一排黄牙。“你们女人家才爱哭。”

“我不承认，”佩珠插口说。“我问你几时看见我们哭过?”

这时候碧从厅堂门里探出一个头高声唤道，“佩珠佩珠!”

“什么事情?”佩珠掉过头去看碧，众人都把眼睛掉向那边看。

“你来呀!”碧命令似地说。

“快要吃饭了罢，”敏故意做出焦急的样子问碧。

珠不答话就把头伸回去了。佩珠半跑半走地进了里面去。慧在旁边玩笑似地回答敏说：“不劳动的就没有饭吃。”

贤从里面端了一碗菜出来，口里叫着："菜来了，大家快把桌子收拾好！"众人就忙着进屋去安排。只有仁民和志元还留在天井里。

"不许慧吃饭，"志元大声说，但没有人理他，慧已经跑进厅堂后面厨房里去了。

"在里面吃，好吗？"敏从房间出来问仁民。

"在天井里吃罢，今天又不会下雨，"志元抢着说，便跟着进房里去搬桌子凳子。

桌子放好在天井里。慧和影从里面接连地端了菜出来。雄一个人提着烧饭的锅子。碧捧出了碗筷。很快地他们把一切都安排好了。

"吃罢，"志元拿起筷子说。"大家都知道我的性子很急。"他伸手去挟菜。

"佩珠呢？等等她罢，"仁民这样说。

"不用等了，你们先吃起来罢。"碧说完话又往厨房里去了。

"仁民，你猜我这时候有什么感想？"志元忽然望着仁民带笑地说。

"你在想气象表罢，"仁民笑着回答说。他以为志元在和他开玩笑。志元年青时不知道保养身子，得过一种病：天气一变，肚皮就会痛，要吃八卦丹才可以把痛止住。因此朋友们便叫他做活的气象表。

"不，我的肚皮早就不痛了，这许久就没有发过一次，”志元张开阔嘴得意地说，口沫溅出来，几乎落进了菜碗里。

“当心点，志元，”慧笑着插口说。“我们不要吃你的口沫。”

“慧，你真是一个多嘴的女人，”志元用这讥笑来报复她，把众人都引笑了。

佩珠从里面端了一碗菜出来，碧也端了一碗。贤空着手跟在后面。碧看见众人停住筷子在笑，便问道：“你们为什么不吃饭？在笑什么？”

“我们在等你们，”慧抢着说。“你们快坐下来罢。”她就拿了碗去盛饭。

“这么多的菜！今天是雄和碧请客，”塌鼻头的云许久都不曾说话，老是摆着笑脸看别人，这时候才说出这么两句。

九个人围着一张方桌坐下来，贤挤在佩珠和慧两人的中间。志元第一个动着筷子，张开大嘴吃着。众人一面吃饭，一面谈话。每个人的脸上都堆着笑，嘴里都发出清朗的声音。

“可惜没有酒。今天是应该喝酒的，”志元忽然放下筷子说。

“你的嘴又馋了！现在谁都不许喝酒！”碧看了他一眼这样说，她明白他的意思。

“我说喝你和雄的喜酒呢！你们两个同居快到一个

月了!”志元得意地说。

“喝什么喜酒?你脑里就充满了封建思想!”慧接着来责备他。

“慧，你总爱和我作对。难道先前我们还不曾吵够?我已经让了步，你还要骂我。”志元依旧带笑说。

慧正要咽一口饭，听见这话就扑嗤笑了，把一口饭全喷出来，她连忙掉过头，但已经来不及，落了好些饭粒在桌上，菜碗里也落了几颗。

“不行!慧把菜弄脏了，我们要她赔!”贤第一个嚷起来。慧却只顾笑，用手帕在揩嘴。

“今天就像在过节，大家这样高兴。”影一个人忍住笑，望着众人说。

“的确我很高兴。今天就算是过节罢。我们来欢迎仁民。我见了他，心里真快活!”志元接口道。

“好，今天就算过节。”贤嚷着，他就推慧的膀子，逼着问:“慧，那碗菜怎么办?”

慧已经笑够了。她看那菜碗，佩珠刚刚从那里面挟了菜走，接着，敏又把筷子放进来。她快活地在贤的手腕上轻轻拧了一下，说:“你这顽皮的孩子，你不吃，他们会吃。”

众人又笑了，笑声就在室中飞，在众人的周围盘旋。街道上很寂静。院子里空气很清洁。太阳穿过树叶。射了好几颗明亮的斑点在他们的头上和身上。

“我想不到你们在这里会过得这么快活！”仁民感动地这样说。

“我不是写信告诉过你吗？你看我来到这里以后人都改变了。”志元说着他也很感动。

“我们的生活里是需要着快乐的，”慧接口说，她放下碗，站起来低唱道：

我知道我活着的时间不会多了，

我就应该活它一个痛快。

“慧总爱说这一套话，”影略略皱着眉头抱怨似地说。

“那么你想活到七八十岁吗？”慧走到影的背后，把一只手搭在她的肩上，温和地反问道。

“也许，”影短短地回答着，回过头一笑。

“我就不预备活到那时候，我只希望早一天得到一个机会把生命牺牲掉。”敏搁下碗，用了冷冷的语调说。“死并不是一件难事。我已经看见过好几次了。我记得很清楚。”他最不能忘记的是有一次他处在危险的情形里，一个唤做德的朋友来救了他，德牺牲了生命让他逃脱掉。那人的心情他还不能够完全了解，然而死是无可挽回的了。他看见那躺在血泊里的尸体。他觉得生和死的距离在一瞬间便可以跨过。他这样想，眼睛就有些模糊了。他慢慢把眼瞳儿往上面一翻，他看见从斜对面座位上影的背后射过来慧的眼光，是责备的，疑惑的，探索的，他分辨不出来。然而慧却知道敏心里在想些什么。

“敏，不要提那些事。记住今天是过节，我们都要快活。你一个人不要打断大家的兴趣。”志元听见敏的话觉得有些扫兴，便发言阻止他。但是一股忧郁的风已经吹到这席上来了。恰恰这时候好些人搁下了碗。

“我从没有想到死，死至多也不过是休息。我就不会想到休息，”佩珠没有改变脸色，那友爱的微笑始终留在她的脸上。

“不要说话，有人在敲门，”碧忽然做个手势严肃地低声说。众人就静下来。

“我去开门”，贤抢着要去。但碧已经先走了。

不一会碧带了一个穿学生装的孩子回来，对云说：“克要你去，这里有一个字条。”她就把纸条递给云。

云摊开纸条看，那上面写着：

云——明给人捉了。我们刚刚得到消息。你马上就来。 克。

的确是克的潦草的字迹。云低声把它们读了出来。

“呵！”志云惊讶地叫了一声。

敏站起来，用沉重的声音说：“我也去！”

二

夜晚空气很柔和，天空是深蓝色的，在那上面布满了一天的星群。

大街旁边一条宽巷里立着一所庙宇似的建筑，门墙上挂了好几块木牌，工会的招牌就在那里面。一盏电灯垂在门檐下，那微暗的光亮却不能够使人看清楚那些木牌的字迹。

两个青年女子跨过门限走进里面去。她们走得很快，并不注意周围的一切。

她们经过天井，经过那新近搭的戏台，看见几个人站在那上面，她们依旧闭着嘴，不说一句话，就直往里面走。到了一排右边房间的门前她们才站住脚步，低低叫了一声："克。"

里面没有回应，却继续送出来几个男人谈话的声音。那个穿花格子布短袍系青裙的女郎就先走进去。

那是会客室，克正陪着三个工人模样的男子谈话，看见那个进来的女子就对她点个头说："佩珠，陈清在里面。"他又看见了佩珠后面的穿灰布短旗袍的女学生，便惊讶地招呼了一声："德华！"

她们应了一声就进了旁边另一个房间。克又继续着大声谈起话来。

陈清正俯在书桌上写什么东西看见她们便站起来，带笑地问："德华，你几时回来的？"

"今天下午，"德华回答着，她没有一点笑容，她的一对大眼睛里射出了忧郁的光，在陈清的三角脸上盘旋。她接着又微微张开小嘴问道："明的事情怎样？"她是忧愁的，但她的态度还镇静，她并不慌张。

"不要紧的。我们去交涉过好几次了。过几天他就可以出来。"陈清平静地回答。

"你是不是哄骗我的？贤告诉我明的事情很不好办，有些危险。"德华抢着说，那忧郁的眼光像刀一般割着陈清的丑陋的脸庞。

"一定是贤那个孩子说了谎！你不信你看这公函！"陈清起劲地分辩着，就把桌上的纸件拿起来："我正在给××处写公函去。"

德华带了惊疑的表情走到书桌前面去。佩珠在旁边静静地望着，她的面容渐渐开展了。

"明并没有什么大罪名，他是为了码头工人和军队打架的事情被抓去的，××处已经有公函回覆我们了，"

陈清看着德华在翻阅纸件，就继续给她解释。

“德华，不要疑惑了。是慧在捣鬼，你上当了，”佩珠在旁边微微笑着说。

“慧？你为什么提到慧？”德华惊讶地看着佩珠的笑脸，有些儿不明白。

“你可以放心了。贤告诉你的话一定是慧教给他说的，”佩珠安静地回答说。

“慧和我开玩笑？我不懂你的话？”德华正经地问，她放下了纸件。

“这和我有什么关系？”一个熟习的女性的声音先进了房里三个人的耳朵，然后他们才看见慧的被蓝花格子布短衫掩着的健壮的身躯。慧的装束和佩珠的差不多，只是她那飘散的头发垂下来掩盖了她的半边脸。那脸上现露着极力压抑住了的笑容。

“你要试验德华和明——”佩珠只说了半句话，德华就红了脸不作声了。

“慧你不应该这样开玩笑，明是为了大家的事情给捉去的。而且明是我们里面很努力的一个。”陈清板起面孔给慧来一个劝告。他这人素来有一点道学气。他做事多，说话少，但遇着他以为不对的事情，他便板起面孔开口说几句话，说过了也不留一点恶感。因此朋友们听了他的责备也不觉得讨厌。

“我并没有什么大错过，”慧依旧带笑分辩说。“即使说这是开玩笑，这也没有恶意。你也该知道明为了德华受了多少苦？他那整天的忧郁的面孔是谁给他的？德华也太狠心了！何必一定要装得那么冷淡！”

德华不回答，埋着头，低低叹了一口气。

佩珠收敛了笑容，温和地责备慧说：“不要提了。你不看见德华在叹气吗？她回来一听见贤的话就着了急。都是你闹出来的。你这恋爱至上主义者！”

“你们都笑我是恋爱至上主义者！我不怕！我根本就不相信恋爱是一件不道德的事情，我不相信恋爱是和事业冲突的！”慧红着脸起劲地分辩道，那眼睛光亮地在房间里闪耀着。

“轻声点，慧，外面有人！”陈清对着慧做了一个手势低声说。“我们到里面房间去罢。”他引她们往里面走，进了一个较小的房间，那里面只有一张桌子一张床，此外凳子有两个。陈清坐在一个凳子上，那三个女子就在床沿上坐了。

“慧，你不该这样责备我。”德华坐在中间，她偏着头看慧，她的柔和的又带了点悔恨的眼光在慧的脸上盘旋着。那两只大眼睛真清亮，把慧的同情也引起来了。“这并不是我一个人的错。明也把他的心事全关闭在肚里，不让我知道。”德华的恳切的声音在这房间里微微抖动，留下了低微的余音。她的声音里面含着苦恼。

“德华，你不要相信慧的话。她的嘴好像是生来骂人的。没有人说过你错。”佩珠爱怜地抚着德华的肩头劝慰说。

慧把一只手腕围着德华的颈项，亲切地陪罪似地说：“德华，原谅我，我不过和你开玩笑。”

这三个女子偎在一起，似乎忘记了这房里还有一个陈清，然而陈清在旁边微笑了，他觉得有泪珠从他的眼腔里流下来。

“走罢，佩珠，我们回去，”德华站起来，用了叹息般的声音说，现了疲倦的样子。

“好，我们回去，”佩珠也站起来温和地回答，又看那还坐在床上的慧：“慧，你也走吗？”

“不，我不回去，我就在妇女协会里睡，今天是我值日。”慧回答着也就站起来。她接着又加了一句：“你们到妇女协会去坐坐吧。”

“不坐了，我觉得有些疲倦，”德华没精打彩地应道，她跨了门限出去。

“佩珠，你不要忘记你答应我的文章！后天就要发稿了！”慧在后面大声说。

“我已经写好一半了，我明天一定给你，”佩珠淡淡地回答着，她并不回过头。她给慧主编的《妇女周刊》写文章，已经成了一种义务，至少每两个星期她应该交一篇稿子给慧，那周刊按期出版着，从没有间断过。

“你今晚会看见仁民吗？”慧继续在后面问。“我要他给周刊写点稿子。”

佩珠回过头看慧一眼，急急回答说：“不，我今晚上不去看他了。”

恰恰在这时候克从客厅里走进来，惊讶地说：“你们就走了?”

“克，明的事情怎样?”德华抢着问道，她带着关心的样子，两只大眼睛不转动地望着克，等候着一个确定的回答。

“没有问题，他三五天就可以出来了，”克温和地回答着，他看见德华的眼光慢慢软和起来，仿佛一个笑容掠过她的脸。

“不过，”克接着说下去，他的脸上忽然换了一个严肃的表情，“有一件很奇怪的事情。他们已经知道仁民到这里来了，他们疑心仁民是带了重大使命来的。仁民应该当心一点。”

“你告诉过仁民吗?”，佩珠焦急地问道。

“没有，今天下午以后我还没有见着他。”克低声回答着。

“我去告诉他，”佩珠抢着说。她无意间抬起头，看见慧在对她霎眼睛，她也不去管慧，便急急对慧说：“慧你陪着德华回去罢，她今晚很疲倦。”

“那么，德华就率性在妇女协会睡罢，我一个人在那里也很寂寞。德华，你觉得怎样?”

"也好，"德华迟疑地回答着，她终于拗不过慧的挽留而应允了。

佩珠已经走出了外面的天井，却被克追上了。克交了一只手电筒给她说："这个你拿去，志元住的那街不容易走。"

"谢谢你，"佩珠望着那被口里喷出的热气笼罩着的小脸，做了一个感谢的微笑，便接过手电筒捏在手里往外面走。克把她送到大门口，还立在那里看她的背影。但一瞬间她的影子便消失在黑暗里去了。于是一圈光亮从黑暗里射出来，很快地消灭了，接着又现了第二次的光亮。克默默地把手在头上搔了几下，然后慢慢地转身回去。

克沈溺在思索里，他走得很慢，他在想许多事情。这一天里他所见过的景象又重新在他的脑里现出来，像一幕影戏慢慢在发展一样。他在想怎样处置那些未完的事情。但他的思想总常常转到佩珠身上去。他并不烦躁，他却温和地微笑着。这时候他的思想忽然穿过黑暗，跟着那个女郎在僻静的街道上走了。

克回到办事的房间里，德华已经跟着慧走了。妇女协会的会所也是这建筑的一部分，就在对面，被一个池子隔着，但有一道石桥通过去。从这房间里人可以望见那边的灯光。

克走在陈清的旁边，看他抄写那公函。在窗外起了一个熟习的粗声："克！"接着志元的脚步声便在石阶上响起来，志元的皮鞋上钉得有钉子，他的脚步声是很容易分辨的。但同时还有别的声音。来的不只一个人。

志元嚷着进来了，在他的后面跟着仁民。两个人走在一起，身材大小差不多，好像一对弟兄。志元的方脸上堆着笑。

"你看见佩珠吗？"克一看见志元便发出这问话。他以为他们一定和佩珠遇见过了。

"佩珠，她在什么地方？"志元惊讶地大声问，把眼睛往四面看。

"她到你们那里去了，刚刚去的，不过几分钟，你们去追还来得及，"克急急地说。

"好，我们就去，不要叫她跑冤枉路。那几条街很难走！"仁民关心地说，他拉着志元就要走。

"仁民，你等一下，我告诉你几句话，"克把仁民拉到里面房间里去，过了一会，两个人一道出来，脸色和平时一样，好像没有什么事情。

"走罢，"仁民在志元的肩上拍一下，声音平静地说。志元惊奇地望着他，志元不知道克和他说些什么话，又不知道佩珠为什么这时候要去找他们。

志元还想留着向克问几句话，却被仁民催促起走了。两个人半跑半走地出了大门，像醉汉一般把身子掷在黑暗的街心，于是大步地走起来。

大街上还热闹着，有行人，有灯光，也有艳装的妓女，但一切似乎都被蒙罩在一层雾里。一个妓女走进他们身边，用好奇的眼光看了他们几眼，就让他们走过去了。

他们转弯进了一条曲巷，走了不一会就看见有光亮在幌动，一个穿学生装的男子拿了火把在前面走，那熟习的背影给火把照亮着，在他们的眼前摇动。

“是敏，我们赶上去，”志元高兴地对仁民说，便加速了脚步，叫了一声：“敏。”

那男子站住了，掉过头来看。问道：“谁呀？是志元吗?”他听见了鞋钉的声音。

志元一面应着就大步走上去，亲切地抓住敏的手膀，粗声问：“你回家去?”

“真凑巧。我正要找你们，”敏现出高兴的样子。“仁民呢?”他刚说了这三个字，一看见仁民走过来，便严肃地轻声对仁民说：“你应该小心一点，我得到了——”

“我已经知道了，我们走罢，你到我家去!”仁民急急阻止了敏，他匆忙地要拉敏一道走，他不愿意在街中多站立一些时候，他怕会和佩珠错过了。

“我不去了。我还要到克和慧那里去。”敏坚决地说，他看了看手里的火把，那东西正燃烧得发叫，把火花往四面投。他就把火把递给仁民，说：“这东西给你，你们用得着它。”

仁民微微一笑，声音战抖地说：“你们都忙着，只有我一个人空闲，”那神情似乎是很惭愧的。

敏也笑了：“大家都为着一个理想，你还说什么客气话？”他投了一瞥友爱的眼光在仁民的丰腴的脸上，挣脱了志元的手，这些时候志元就抓着他的左膀没有放过。敏不再说话便迈步投入黑暗里不见了。只有那脚步声还退回到仁民和志元的耳里来。

仁民拿着火把站在街心，还回头望那发出了脚步声的黑暗，似乎想在黑暗里看出什么东西来。

“走罢，仁民，你难道发痴了？”志元在旁边笑起来。

仁民不回答他，却埋着头跟他往前面走了。

两个人急急走着，不说一句话，让黑暗包围着他们。火把头上放出一点红黄色的光，照亮了一小段石板路，火花时时落在地上，红一下就灭了。他们走完一条巷子又转进另一条，没有遇见一个人，志元的鞋钉在寂静的夜里清脆的响着。光亮渐渐地黯淡了。

“把火把给我，”志元忽然短短地说一句，就把火把抢了过来，捏在手里往后面一甩，再一抖，许多火花落在地上，火熊熊地燃起来。这时候他们又走进一条巷子了。

“志元，”仁民的颤动的声音忽然在空中响起来。志元含糊地应了一声，依旧只顾往前面走。

“我想哭，”仁民战抖地说，把右手去挨志元的左膀。

“你想哭！这是什么话？”志元掉过头看仁民，责备似地说，把口沫喷到了仁民的脸上。

“我快活得要哭了！我看见你们大家——”仁民再也不能继续说下去了，他觉得心跳动得很厉害。眼睛开始模糊起来，像挂上了一层帘幕，许多个面孔就在那帘幕上轮流现出来，每个脸都是活泼的，年青的，那上面笼罩着一道光辉，每个脸都对着他微笑。最后是一个鹅蛋形的女郎的脸遮了一切。那脸是他所熟习的。他看见那个脸，就看不见脚下的一块突起的石板，他把脚踢到那上面，身子就向前面一伏，跳了起来，几乎跌倒在地上，但他慢慢地站住了。

“当心点，”志元惊讶地看他，过后就微笑了，他张开大嘴温和地说：“你的感情太多了！快活的时候应该笑，不应该流泪。我在这里天天都笑。”火把在他的手里黯淡了，他埋下头去看，只剩了一小段，火快燃到了他的手指。他把火把掷在地上，火把散开来，风一吹，火花便往上面飞，他也不去踏熄它们，就往前面走了。他的眼睛里还留着光亮。但是慢慢地，慢慢地路在他的眼前变得黑暗了。

“仁民，你当心走！你看得见吗？快到了！”他断续地对仁民说，他听得见仁民的脚步声，他听得见仁民的呼吸。他很熟习路，他知道再过一条巷子便到家，路是直的，只要他放慢脚步，就可以毫无困难地走到家。

在仁民的眼前的确横着一片黑暗，他的不熟习的眼睛是看不见什么的，他抓住志元的一只手膀，困难地移动着脚步，他忍耐着，没有一点恐慌，他知道这黑暗的路程不久便会完结了。

到了他们的住所，志元的眼睛可以分辨出石阶和大门来，他走上石阶，在门上接连捶了几下。里面起了一个应声，过一会一个女孩子拿了一盏煤油灯来开门。

“有客人在房里，”那女孩看见志元就用本地话说了，她的眼皮又疲倦地垂下来。

“一定是佩珠，”仁民高兴地说着便急往里面走。志元在旁边好意地微笑了。

仁民先走进了房间。佩珠正坐在书桌前面的藤椅上，埋着头在看一本书，一面用手翻着，听见脚步声，抬起头惊喜地唤一声就合了书站起来。

“这夜深你何必赶到这里来？佩珠！”仁民带了感激地说，他微笑地望着她的脸，那脸映着灯光显得很亮了，那一对柔和的眼光仿佛在抚摩他的脸。

“我来告诉你——”佩珠走过来，到了他面前，她关心地看着他，开始低声说。

“我已经知道了，那不要紧！”仁民抢着说，就把她的话切断了。“我刚刚从克那里来。”

“我也是这样想，但你也得当心，”她平静地说，并不把眼睛离开他的脸，她看他好像这脸是她所不认识的，其实她已经见过它不知多少次了，依旧是那么圆圆的，但比从前黑了一点，脸上也多了些皱纹，只有那眼睛不会老，那一对眼珠子非常清明，似乎就要看穿一个人的心，眼光是温柔的，但又是坚定的。她知道他很能够保护自己，她知道他不再像从前那样地粗暴了。生活折磨着他，反而把他训练成一个更结实的人。她觉得放心了。“其实我们在这里谁都是很危险的，不过我们住久了的人，更多知道一点避免危险的方法。”

“佩珠，你看仁民现在改变多了，”志元似乎知道她的心理。就接口对她说，他带着满意的微笑看着他们两个人。

“你们不是也都改变了吗？现在的社会就是一个大洪炉！”仁民笑着说。他看佩珠，佩珠不再是从前的只带着爱娇的姑娘了。自然她现在还年青，比他年青得多，她的脸上到处都充满着青春的活力，但是她的和谐的面部组织之中却存在着一种吸引人的力量，是她从前所没有的。这力量把他抓住了。他不觉感动地说：“佩珠，我几乎不认识你了。”

“你是在责备我吗？”佩珠微微笑道。

“责备你？我不配！我应该说赞美你，”仁民急忙分辩着，从他的眼睛里的确射出了赞美的眼光。“志元，你还记得我们在S的情景吗?”他忽然掉头望志元这样问道。

“近来渐渐地忘记了。”志元说着就走到床边，一屁股在床沿上坐下来。“有时候想起那些事情，就像做了一个恶梦。然而我如今是醒转来了。”他摇摆着头，抖动着身子，样子很得意，他的方脸上现了红光。这时候佩珠在藤椅子上坐下了。

“你还记得那一番话吗?你说过我们的命运还不及一根火柴。我们挣扎受苦，一直到死，都没有照亮什么的机会。”仁民背着灯光靠了书桌站着，人看不清楚他的脸，但听得见他的严肃的声音。

“谁记得那些鬼话?那时候病把我的脑筋弄昏了!”志元张开大嘴，发出了责备的声音。他早已把那过去的惨苦的生活埋葬了，他把坟墓封得紧紧的，不要人再来替他挖开。

仁民不去管他，依旧用严肃的声音说下去：“是的，我记得很清楚。很奇怪的，我来到这里，看见佩珠，看见你们大家，我便想起了陈真。陈真为着理想，牺牲了一切，他永远是那样过度地工作着，让肺病摧毁了身子。他这个二十几岁的人却相信中国民族根本就没有希望，却相信中国青年很脆弱。一直到他死，我没有看见他快乐过。想起来这真是一个悲剧。他不能活起来看见这里的景象，”仁民说到这里略略停了一下，他的眼睛润湿了，声音也有些涩了。屋里是阴暗的，书桌上的煤油灯光被他的阔背遮去了大半。他仿佛看见了陈真的戴着宽边眼镜的瘦脸。陈真就坐在床上，在志元的身边，听他说话。他抬起手拭了拭眼睛。“他挖苦佩珠叫她做‘小资产阶级的女性’，现在佩珠还在这里，许许多多青年都在这里，可惜陈真是永远消灭了。他连一线的希望也看不见！”

仁民闭了嘴，却摸出手帕拭鼻涕。没有人开口接他的话。屋里静寂着。起先在外面街上就有狗在叫，现在那叫声却显得更大了。

“佩珠，你能够原谅他吗？他误解了你，”仁民慢慢儿镇静了自己，偏过头去看佩珠。她听见他的话，便抬起头来，她的眼角上有泪珠在发亮，那脸部的表情是庄严的。

“他并不曾误解过我，他的批评是不错的。我的确是一个小资产阶级的女性，我只希望以后我能够做一个真实的人，一个强健的人，尽我的力量做。他也曾给了我好些帮助，他藏的那些书本，那些传记，你不记得吗？”佩珠平静地回答着，声音并不高，但却有力量，一个字一个字清晰地印在人的心上。“可是你们大家不要忘记指教我。我需要着严厉的指摘。”说到这两句，她谦逊地笑了。她一面伸手把那几缕垂下来快遮住她的眼睛的头发挑了上去。“在这里大家待遇我太好了。我倘使能做出一点事情，那都是大家给我的。你问问志元。”

志元这些时候就不转睛地望着仁民和佩珠，听他们两个说话，他的注意力全被那两个人吸引了去。忽然间他看见佩珠指着他要他说话，他连忙张开口，但什么东西阻塞了他的鼻孔，他一挣扎，就打了一个响喷嚏。声音很大，响彻了这房间。

“只有这一点没有变，”仁民在旁边温和地微笑了，他接着关切地问道：“志元，你的身体比从前好吗?”

“好多了！我自己觉得很强健，肚皮不曾痛过一次，”志元揩拭了鼻涕，昂起头说。“在这里日子过得很快。只愁时间不够。我和佩珠都觉得很快活，亚丹也是，下个星期亚丹会回来了，那蜂场的事情需要他。你会看见他，他也很快活。”他提到的亚丹也是仁民的朋友，志元到这里来时，是和亚丹同来的。亚丹如今在乡下一个小学里服务，他还做着别的事情。

“亚丹给我写过不少的信。他每封信都说他是如何如何地快活，他整天和那些天真的学生在一起。”仁民听见说到亚丹，便想起了那个长身的大学生。亚丹的相貌略略和雄相像，他也有一个瘦脸，但他的身子比雄还高。到这里以后他喜欢穿一件灰布长衫，人很少看见他换过别的衣服。这些情形昨天有人告诉了仁民，仁民想起来不觉笑了。他接下去说：“我真羡慕你们，你们都很努力!”

“你就在这里住下来，不很好吗?”佩珠在旁边恳切地插口说。

“以后慢慢地决定罢,”他不能够马上就决定这事情，便用一句话轻轻把话题支开，但他自己又禁不住加上另一句话：“我也希望能够长住下去，和你们在一起。”

佩珠的脸上突然发出了喜悦的光辉。她站起来温和地说:“我应该走了。”

“你今晚在这里睡罢,”志元挽留说，他也站了起来。

“我还要给慧的周刊写文章，我写好了一半放在家里,”佩珠在房间里踱着，预备着回去，她摸出表来看，快逼近十二点钟了。

“这样晚你不用走了，你平常太忙，也应该休息休息，文章明天写，不是一样吗?”志元坚决地阻止她走。

“你回去也好，我们两个就送你回去!”仁民提议说。

“不要紧，我一个人走好了，我不怕,”佩珠推辞说。

志元责备似地看了仁民一眼，粗声说：“这时候在僻静的街道上走，是很危险的。这里比不得S地。我不能够放佩珠走。……况且我们有帆布床很方便。”志元变得很执拗，他的口沫差不多要喷到了佩珠的脸上，她连忙避开了，她懂得他的话。这时候在街上走，的确不是安全的。她预备留下来了。

“佩珠，你饿不饿？我这里有打汽炉，还有些米粉，仁民剩得有罐头牛肉。我们来弄点东西吃，不好吗？”志元想到了这事情便高兴地去开那柜子。

“好，让我来做，”佩珠孩子似地抢着说，便去找打汽炉，她很容易地在屋角里找着了它，捧出来，放在条桌上，仁民递了酒精瓶给她。她很快地把火弄燃了。

“佩珠，看见你这样子，我真高兴！”仁民带了兴味地在旁边看她忙着，禁不住说了这样的话，眼睛里泄露出来爱慕的眼光。

佩珠没有答话，不过掉过头望着他微微一笑。

三

明被释放了。陈清到××处去接他回来。他们到了工会，有好些人等着和明谈话，但看见明的没有血色的瘦脸和疲倦的表情大家就渐渐地闭了嘴，让明安静地歇一会儿。过后云陪着他到妇女协会去。在那里他们第一个看见慧，慧引他们进了里面的一个房间，有好几个人在等他们。坐在房门边一把椅子上，穿灰布短旗袍的是德华，她正用右手支持着头，在倾听别人说话。她听见脚步声便掉过头往门外看，把手从桌上取下来。她看见明，脸上略略现了惊喜的神情，她把嘴一动，似乎要说什么话，却又没有说出口，只把头对他微微点了一下，悲哀似地笑了笑，她注意到明的面容比先前憔悴多了。

"明，"明一走进门，贤就跑过去抓住明的手，快活地笑起来，把他的突出的牙齿露给明看。房里的人都站起来，全过来围着明，争着和他握手。明觉得有头昏了。他慢慢儿定睛看。他看见碧，看见影，看见佩珠，看见亚丹，还看见云的妻子惠群，这中年妇人也是妇女协会的职员。

“你们都好，”明看见这些温和的笑脸觉得很高兴，便微笑着说了。

“你这几天一定受够了苦，我们时时都在想你！”佩珠望着明的憔悴的脸，就好像看见人从她自己的脸上割去了肉，心里十分难过。她想用快乐的话去安慰他，但说出来一句话，声音就在抖动，使人听见只有起悲痛的感觉。

“受些苦，是不要紧的。我想不到还会活着出来，现在我好了，”他依旧微笑说，在他的充满着受苦的痕迹的瘦脸上，那微笑也是悲哀的。

“你来了，”明望着亚丹说，“大家都说你在那边很努力。”

“比起你，我却是差远了。你简直是为着工作弄坏了身子，”亚丹恳切地回答说。

明又用眼睛找德华，她一个人站在桌子前面，离他较远一点，她这些时候就默默的望着他，他却不觉得。

“德华，你为什么不来和明握手？”慧看见明在望德华，就马上嚷起来，她去把德华半推半拉地引到明的面前。众人微笑地望着。

德华略显出为难的样子，但她并不畏怯，她站在明的面前，伸出手给他，低声说：“你比较从前更瘦了。我们时时替你担心，不知道在那里面人家怎样待你？”她努力做出一个笑容，但泪珠却把她的眼睛润湿了。她看得很清楚，明的左颊上还有一条伤痕。

“那些痛苦都是过去的事情了，”明亲切地回答，紧紧握着她的柔软的手，他觉得她的手在微微颤动，他自己的手也慢慢地战抖起来了。他用温和的眼光抚她的脸，让那眼睛代替嘴说出更多的话。她并不避开他的注视，却只用微笑来回答。众人静静地望着他们，仿佛在看一幕戏剧，连慧也不开口了。贤却跑到佩珠的身边，捏着佩珠的一只手紧紧地偎着她。

明放了德华的手，温和地说：“你看，我还不是和从前一样的强健。”这强健两个字从明的嘴里出来似乎就表示着另一种意义，他从来便不曾强健过，现在更瘦弱下去了。众人听见他的话，都带了一种奇异的表情看他。

“明，你在床上躺躺罢，你一定很疲倦！”佩珠看见明现出了支持不住的样子，便大声这样说。

“不，我很好，”明摇摇头不听从佩珠的话，表示他并不疲倦，又用惊讶的眼光看众人，一面问：“你们为什么都不坐？”

“你先坐罢，你应该休息一下，”慧回答道，她又对德华说：“德华，你让明在床沿上坐坐，你们有话，坐着说，不更好吗？”

德华抬起头看慧一眼，似乎责备慧不该这样地说话。但她马上又顺着慧的语气对明说：“明，我们在那边坐坐，大家坐着谈话更方便一点。”她先走到床边，在床沿上坐了。明跟着她往那边坐下去。贤跑过去，坐在德华的旁边，他的身边还有一个空地位，他笑着对佩珠招手，接连说："佩珠，你来，你来。"

佩珠摸出表来看，说："我应该走了。仁民他们在等我。"

明惊讶地看佩珠，他想起陈清告诉他的话。仁民来了，这是一个好消息。他没有见过仁民，但他读过仁民译的书。他常常听见人谈起仁民的种种事情。他觉得仁民就是他的一个很熟识的朋友。他很想马上就看见仁民，他有好些话要和仁民谈谈。他便问："仁民在什么地方？我去看他。"

"你不要去，现在我们有事情，你也应该歇歇。我叫仁民明天来看你。"佩珠阻止他说。她不等他回答，就唤着那个长身的小学教员："亚丹，我们走罢。"

亚丹应了一声，又和明打个招呼，便移动着他的阔步，伴着佩珠出去了。跨过门限时他还回过头留恋地把众人看一下。

慧跟着亚丹们走出去，她回来时正看见明和德华在谈话，她很高兴，她很少看见明和德华这样地谈话过。她带笑地打岔他们说："明，你应该谢谢德华呀！她为着你的事情险些儿急坏了！"

"为什么单是我一个？你们不都是他的朋友吗？"德华略略红着脸分辩道。"难道你们就不着急？"她用手轻轻在贤的头上敲了一下，责备似地说：“你这顽皮的孩子，你还忍心骗我？”

“慧叫我那样说的！全是她的主意！”贤站起来指着慧带笑地嚷着，过后又坐下去，拉着德华的一只手膀。

“你又不是一架留声机？”慧扑嗤一笑，走过来，也把贤的头敲了一下。

云在旁边看着微微笑了。他对众人说：“慧专门爱和人开玩笑。”

慧正要答话，却听见外面有人在唤她，便匆忙地走出。

房里宁静了一下，过后碧和影又在角落里低声谈起话来，她们两个站在那里已经谈了好一会儿，一个站在窗前，一个靠墙壁站着。

“碧，你们两个在谈什么秘密话？”许久不曾开口的惠群大声说，她的脸上带着中年妇人的和蔼的笑。

“不告诉你，”碧掉过头短短地回答了一句。

“你们应该陪着明玩玩。不该把他冷落到这样！”惠群带笑责备她们说。

“惠群，你不看见他和德华正谈得起劲吗？我们不要打岔他们才好！”碧接口说。

惠群回头在看，果然德华在对着明低声说话，明很注意地听着。她就向着云一笑，一面站起来轻声说：“我们走罢。”她又向贤招手。贤做了一个滑稽的笑脸，默默地跟着这一对夫妇出去了。

房里马上少了三个人，也没有人注意。碧和影依旧在屋角低声谈话，她们在讨论工作上的事情。德华在向着明吐露她的胸怀，她在叙述她回家去的生活。明带了兴趣地注意听着，在她的叙述中间，他不断地点着头。

“明，你为什么常常带着忧愁的面容？我好像就没有看见你高兴过。仿佛你心里就有什么秘密似的。”德华忽然提起这事情，她的眼睛同情地，温柔地看着他，那眼光同时又是深透的，似乎要刺进他的心。

明的瘦脸上掠过一道微光，但马上又消灭了。他现出迟疑的样子，他觉得有些为难，他不愿意谈这件事情，但她的眼光却不肯放松他。他非回答她不可，然而他却不知道应该怎样回答。他支吾了半晌，断续地说出几个含糊的字。最后他才用比较清晰的声音说：“我没有什么秘密，也许我生来就带了阴郁性，……我的身世是很悲惨的。”明常常说他的身世很悲惨，但他却从不曾把他的过去告诉人。人只知道他是一个没有父母的孤儿。

“我的情形恐怕也不会比你的好一点，在从前人家笑我爱哭。近年来自己觉得强健了许多。我也能够忍哭。”德华说着，两只眼睛就在他的脸上盘旋，它们在那伤痕上停了一下，便移开了。她略略把头埋下来，去看地板。“我也知道过去的生活在一个人的灵魂上所留的迹印是很难消灭的。可是人不能够靠忧愁生活。我已经忘掉许多事情了，我希望你也能够忘记一点。”她的声音微微战抖着，留下了不断的余音。最后她叹了一口气。这些都送进了明的耳里，他觉得仿佛在听人读一首诗。他的心猛烈地跳动起来。

“德华，你有时候也看天空的星吗？”他想压抑下他的感情，但终于忍耐不住发出了这问话，黄黑色的瘦脸被云雾罩住了。德华看他，却不知道他在想什么。

“我回到家里，没有事，晚上就坐在院子里一个人望着蓝天发些痴想。我那继母是从来不理我的。”她说起家里的事情，便觉得不愉快。她不愿再说下去，她便问：“你喜欢看星吗？你为什么忽然问起这句话？”

明梦幻似地望着她的脸，好像不认识她似的。他自语似地说：“我晚上常常在黑暗的巷子里走，你知道我常常从码头工会到这里来。街道很黑暗。我没有电筒，也没有火把。只有星光照着我的路。我常常仰着头望那些星。我爱它们。它们永远在天空里放射光芒，我只能够看见它们，却达不到它们的旁边。”他略略停顿一下，然后继续说：“那些星它们是永远不会落的。在白天我也可以看见它们。”就在这时候他也仿佛看见有两颗星在他的眼前放光，他完全不觉得那是德华的一对大眼睛。

“你不会想像到这几天我是怎样地过日子。在那里面我整天看不见太阳。那里的生活是苦的。但我也并不绝望。在那时候我也看见那星光。甚至在这里面星光也照亮着我的路。”明开始说的时候，声音还很低，但渐渐地声音变高起来，他的眼睛也发光了，先前的疲倦和忧郁都被一种激昂的感情扫了去，他的脸红着，手动着，从他的口里吐出来的每一个字都是很清晰的，而且带了力量。这使得碧和影也停止了谈话来看他。

“明，你说得这么美丽，你说得我要哭了。”德华的眼里含了一腔眼泪，她极力忍耐，却终于迸出这声音来，这声音同时把哭和笑混合在里面。这时候她不能再抑制自己了，她让她的感情奔放着。“这些话，你不应该对我说，你应该对佩珠说，我是不配的。”她说罢便倒下去，把头压在被褥上，抽泣起来。

碧和影都跑过去，惊奇地问：“德华，什么事情？”影侧身去扳德华的身子。

明也弯着身子去唤德华。德华没有回答。碧温和地安慰明说：“明，你也该休息了，我们不知道你受了这么多的苦。”

“她怎样了？她为什么哭？我完全不知道你们女人的心理，”明带了点惊惶地问碧，他的声音变了。他又找来了疲倦和忧郁。好像他把精力都放在先前的一段话里面。说完了那段话，他的力量便消散了。碧不知道这个，她看见明的脸色不断的变化着，愈变愈难看，她还以为这打击是德华给他的，她便回答说：“没有什么事情。你不看见德华在爱着你吗？”

“她真的爱我?”明疑惑地望着碧低声这样问道，好像就害怕这问话被德华听见。

“你还不相信?”碧大声说。

“我明白了，”明自语着，过后便笑了。在碧的眼里看来这笑只像苦笑，碧觉得明的举动有些奇怪，使人不容易了解。

“德华，”明温和地唤着，正要俯下头去和她说话，忽然一阵脚步声打岔了他。克匆忙地跑进来，一把抓住他的膀子，并不问他在这里还有没有事情，便说：“明，快出去，有好些工人来你看。在那边等着。你去对他们说几句话。”克的小脸上堆着快乐的笑，他说话说得很快，嘴里不歇地喷气。明还来不及答话，接着云又跑了进来。他们两个人把明拥起走了。

德华听见脚步声，便从床上坐起来，她还有话要对明说，她唤了一声“明，”没有响应，脚步声已经远了。她把一只手搭在影的肩上，痴痴的望着窗户。阳光穿过窗户射进来，把窗户的影子照在地上，无数粒灰尘在阳光里飞舞。她的脸上还留着泪痕，她也不去揩拭。

“何苦来?”影摸出手帕替德华揩拭脸，一面怜惜地说。“这是用不着哭的。你平常爱说你能够忍哭，今天却流了这么多的眼泪。为什么哭呢？你爱明，那是很平常的事情，没有人来妨害你们。”影说这些话好像一个姊姊劝她的小妹妹。

在外面有叫声响起来，声音糟杂着，仿佛许多人在用本地话喊口号。接着那些人又唱起歌来，声音很粗，没有一点曲折，而且不合拍子，显然是从不熟习的嘴里唱出来的。

“你听，外面多么热闹。他们在欢迎他了，”影温柔地抚摩着德华的软发，高兴地说。

“别人不会来干涉吗？”德华低声问。

“为什么要来干涉呢？他们并没有什么激烈的举动，现在并不是戒严的时期。”碧接口说，她的小眼睛圆睁着望着窗户，好像从窗户望过去便可以望见那热闹的景象。

“德华，我们出去看，我们四个人一道去！”慧走进来对德华说。

“好，我们走，”碧应了一声。影挽着德华站起来，四个人一起走了出去。

走出妇女协会的大门，她们下了石阶，又走过石桥。工会门前的石阶上有几个人匆忙地跑来跑去。一个穿学生装的青年抱了一大卷传单从里面出来。

“敏！”慧高兴地叫了一声。

敏站住了，掉过脸来看她们，望着她们笑了笑，并不说话，也不等候她们，他就匆忙地往外走。

贤从外面跑进来，口里唱着歌，一看见慧几个人便站住了，他快活地大声说：“他们都在外面，你们快去看！”他就跑着进了工会。

贤的话像一把火点燃了这四个女郎的热情，她们加速了脚步，怀着跳动的心走到外面了。

外面是天井，这是一个大广场，平日显得很宽敞，两株大榕树排列在左右两边，占了小小的地位。这时候广场完全给人头堆满了。这景象使得她们惊讶起来。她们万料不到在这短时间里会来了这么多的人。

那一个新近搭的戏台做了讲台，好几个人站在那上面。明在那里说话，他的声音很低，只有断续的字句送进她们的耳里，在前面人声嘈杂着。好些学生在人丛中挤来挤去，散发着传单。她们看见英吃力地挤着，满头都是汗，挣红了那可爱的小脸，接着又看见贤抱了一卷传单挤进人丛里去。她们也用力在人堆里挤着，一些人看见她们，便让出了一条窄路，她们还不曾走到讲台前面，掌声就突然响起来。掌声不断地响着，后来渐渐地稀少了。人丛中忽然起了一个清脆的喊声，是女人的声音，叫着一个显明的口号。接着许多青年的声音从四面八方响应起来。于是全个广场都震动了。那些粗暴的喊声像海涛一般向着讲台冲过来。

"你看，佩珠在那里，"影像发现什么似的惊喜地推着德华的手膀说。

德华随着她的手指看去。在左边榕树前面的那个石凳上就站着佩珠。她举起一只手在空中挥动，她口里嚷着，头摇着，那一头的浓发全散开来，跟着她的头飘动，那么一大堆！时而遮了她的半边脸，时而又披到后面去，人远看去，好像那是一个狮子头，狮子在抖动它的鬃毛。在她下面有许多人在那里伸了颈子看。她又埋下头来对他们说话。

“我也去，”慧热烈地说了一句便离开她们挤进人丛里去了。

“我们到前面去听仁民演说，”影这样说，她和碧，德华，便直往讲台那边走，因为这时候在讲台上正响起了仁民的洪亮的声音。

她们到了讲台旁边；那里已经围满了人，她们实在不能够挤到正面去，空气很热，太阳没遮拦地晒在她们的头上。她们一头都是汗，汗珠沿着鬓角流下来，但她们并不去管它，却只注意到台上的仁民的侧面的影子。

仁民不是一个优越的演说家，那断续的字句并不能够抓住群众的注意力。他说得太慢了，停顿的次数很多，有时候那激动甚至使他说不出话来。但他的洪亮的声音却也能够响彻了全个广场，而且那结实的身材，那坚定的姿势，那热烈的表情，也可以使那些听不懂他的话语的人感动。所以这时候那广场上反而静了下来，似乎全场的人都在听他说话。

不多久仁民便闭了嘴，于是掌声像春雷一般地响起来。佩珠又开始在那边叫了，差不多同时还起了另一个女性的喊声，那是慧，她站在另一株榕树前面的石凳上。

克接着出来说话，克的声音，克的姿势是许多人熟习的。他比仁民有了更多的经验，而且他知道用一些通俗的字句。他的声音虽然比较低一点，但他却能够抓住了听众的注意力。许多人都留神地听他说话。

忽然一个青年匆忙地跑上讲台，那是敏，他在克的耳边说了几句话，克略略变了脸色，回头答了他几句，便继续着他的演说。敏留在台上和别的人低声谈着，过后他就和志元，陈清几个人下了讲台挤进人群里去了。

克的态度是很镇静的，却也不能够阻止群众中间的骚动。

“什么事情?”碧惊讶地问道。看见影的脸上带了惊讶的表情。她回头，那无数的人头摇动着遮了她的视线。

德华在看讲台上站着的明，她没有听清楚碧的问话，便说：“你看，明的脸色这样难看，他支持不下去了，他们应该让他休息才行。”她看见没有人答话，就推动碧的手膀，请求似地说：“你去，你去告诉明，要他进去歇歇。”

碧没有注意德华的话，她痴呆似地望着那骚动着的群众。

影低低在德华的耳边说：“有什么事情发生了。”她的声音带了一点儿颤抖。

“什么事?”德华惊讶地低声问，她也回过头去看群众，只看见人头动着，人声嘈杂着，似乎听众突然增加了一倍，拥挤得更厉害了。

“慧!”碧忽然惊喜地叫起来。在人丛中慧挤出了一条路，披着头发，红着脸，手里捏了一张传单，气咻咻地向着她们跑来。慧跑到了碧的面前，把一只手搭在碧的肩上，喘着气，激动地说：“我们被军队包围了。”

德华惊疑地望着慧的激动的脸，过后她就掉头去看讲台，克还在对群众说话，明，云，仁民都还立在那里。她匆忙地说了一句：“我去告诉明，要他进去。”她不等着慧说什么话，便急急走了。

“军队来了，我不信！这是一个和平的集会，他们来干什么?”碧激动地说。她的心跳得很厉害，她并不害怕，但她很气愤。她觉得今天就像在过节，大家应该快活地热闹地过一天，来欢迎明，来表示一些休戚相关的感情，别人完全没有来干涉的必要，然而旅部却派来了军队。不仅碧是这样想，影和慧也是这样想，许多人都是这样想。

“军队来干什么?谁知道?一定是来驱散群众的!”慧气愤地回答说。“大家不走，看他们有什么办法!”慧的眼睛里冒出火来。

“军队来了!”群众忽然惊慌地叫起来，于是起了一阵拥挤，有好些进来看热闹的人就想往外面跑。

“大家不要慌！不要怕!”克看见这情形，便大声对群众说，但他的声音已经不能够镇压住骚动了。那些看热闹的人再也无心听什么人的话。他们在人群里乱嚷，乱跑，乱挤，把秩序弄得更坏了。

德华陪伴着明下了讲台，从人丛中挤出去，进里面去了。云站到前面去帮助克镇压群众。仁民一个人留在讲台后面，带了严肃的表情看着下面动着的无数的头。

“仁民应该躲避一下，”慧在下面看见仁民便低声对着影和碧两个说。“旅部里很注意他。”

慧的话还没有说完，她就听见一个熟习的尖锐的声音在人丛中响了：

“不要害怕！我们是徒手的民众，军队不会干涉我们！秩序，大家守着秩序！等着！我们就要散会了！”

这是佩珠的声音，她依旧站在石凳上，挥动着两只空手，抖动着她的头发，挣红了脸叫着。她的声音飞起来，高出于别种声音之上压倒了一切。

“不要怕，大家守着秩序！……”佩珠的话被许多人响应着，贤和志元在佩珠对面的石凳上出现了。志元老是张开他的大嘴叫。

慧，碧，影，三个女子接连走上了讲台。慧第一个开口：“仁民，我们到里面去。”

“等一下，大家一道走，”仁民回答着，他不愿意马上离开眼前的景象。

“你应该避开一下，说不定今天会有意外的结局，”慧把她的细眉微微一皱，低声说，面容是很庄严的。

仁民的脸上突然一变，好像有一股暴风吹过他的脸，他沉重地说："你是指流血吗？"

慧默默地点了点头。影把一只战抖的手搭在慧的肩上。

"不，那不可能！我不相信！"仁民摇头说，他的眼睛里射出一股强烈的光，那是坚定的，里面充满着信仰。"现在流血是没有用的，我们根本就没有预备。"

"倘使人家预备好了呢？"慧用一种恐怖的声音反问道。

"那么，我们就应该想法避开。"仁民坚决地这样回答。"我去告诉克。"他说着便走到克的身边去。

"克，现在就宣布散会！"仁民说这话就像在发一个命令，他的声音是那样坚定，使人没有发疑问的余地。

克惊讶地看他一眼，严重地低声说："等一下，等敏回来再说。"

"你应该稳重一点，事情很严重，"仁民严肃地劝告说。

"我知道，"克点点头，接着他又说："你也应该当心，这里面一定有侦探。你先到里面去，不要让许多人认识你。"

敏和陈清一道来了。两个人都跑得气咻咻的，满头都是汗珠。脸色是很庄严的。敏在克的耳边说了几句话。

"好，我们散会罢。"克下了决心说。"敏，你去告诉佩珠。大家守着秩序走出去！"

“我去找佩珠！”慧抢着说。

“我也去！”影和碧一齐说。

“慧，你不回协会去？那里也应该有人看守，”敏对慧说。

“惠群在那里，不要紧。”慧匆忙地回答着便跟着影，碧两个走下讲台，挤进人群里去了。

“纠察队都在下面吗？”克问敏道。

“都在。全靠他们在维持秩序。今天看热闹的人也不少，所以秩序乱！”敏这样回答，他接着对云说：“云，我们到下面去。”

云跟着敏走下去了。人声依旧嘈杂着。骚动也没有停止。克在讲台上宣布了散会。

慧，影，碧走到佩珠的身边就全跳上了石凳，这四个女子站在一起似乎变得更勇敢了。她们大声叫喊着，传达那散会的消息。只有影不大作声，她静静地看着，把一只手搭在慧的肩上。在她们的下面，群众慢慢地拥挤着往外面走了。那么多的人结合在一起，就像一股水流。

“打倒××！”慧受了感动，觉得她自己的心也跟着那无数人的心跳动了。她很高兴，忍不住，就忘了自己地叫起来。××是那旅长的名字。

“慧当心点，你不要乱叫，”影拍着慧的肩头说。

佩珠掉过头，看了慧一眼，低声说：“慧，我们今天不是预备来流血的。”

慧笑了，她解释说：“这不要紧。我叫得高兴，就顺口叫了出来。”

“大家守着秩序好好地走呀！”佩珠不再和慧说话，又掉头去看群众，对着那些摇动的人头大声叫了。许多脸掉过这边来看她，对她微笑。许多只手向她挥动。最后一队人走过她们面前时，她们都跳了下来。

在外面群众毫无阻碍地通过了军队的防线，没有一点冲突，秩序很好。

阴暗的广场里就只剩了佩珠这一群人，谈论着慢步回到里面去。

佩珠忽然微微一笑，自语似地说：“今天的成绩很好。”

“我恐怕事情还不曾完结呢！”影用一种不确定的声音说。

“但是我们今天已经算是胜利了，”佩珠想到那景象，她便高兴，她常常是乐观的。

“佩珠，你不要过于乐观，我们以后还需要更大的勇气呢！”克在后面用沈重的声音说，从他的眼镜里透出来那严肃的眼光。

“勇气？”佩珠睁起一双大眼睛惊讶地看他，平静地说：“我想我是有的。我还能忍耐呢！”她无意间抬起头正看见仁民从右边送过来赞美的眼光。

贤跑过来握着佩珠的一只手，拖长了声音亲密地顽皮地叫起来：

“佩——珠。”

正在这时候德华从里面惊惶地跑出来，见着这一群人就站住了。她一把抓住佩珠的手膀，声音战抖地说：“你们这许久都不进来！明——病了。”

“病了?”克沈重地念着这两个字，好像掷了两个石子在每个人的心上。

“克，”在后面又起了男子的惊惶的叫声，一个颀长的黑影向着他们投过来，使得众人都吃惊地站住了。

来的是亚丹，他跑得气咻咻的，刚刚站住，他便断续地低声说：“他们已经动员了。把工会收拾干净，他们迟早会来检查的。雄在后面，他马上就来。”

众人痴呆似地站住了。空气突然变得紧张起来。德华想到明的病，马上就跑了进去。

“妇女协会怎样?”慧接口问。

“难道他们还不知道是一起的吗?你们也应该当心!”亚丹严肃地回答着。他又继续说下去：“我在路上遇见军队，我还以为这里已经完结了。”

“贤，”克把贤唤过来，在他的耳边吩咐说：“今晚学生组的会延期一天。你马上去通知他们。”

贤应了一声立刻跑开了。这一群人在戏台旁边低声交谈了几句，接着默默地散去了。剩下那一个空的广场，孤寂地躺在傍晚的天幕下面。

四

佩珠和慧在妇女协会里谈着明的病。

贤慌张地跑了进来。他的脸上没有了平日的那种滑稽的笑容，他一看见佩珠，就张开那突出的嘴，露出不齐整的两排牙齿，慌张地说："佩珠，你们快去！明的病危险……德华要你们马上去！"贤恐怖地睁大了两只眼睛，两滴眼泪开始从他的眼角流下来。

"灾祸接着来了！"慧自语似地在旁边说。

"好，我们就去！"佩珠牵着贤的手，伴着慧出去了。

她们到了雄的家。碧出来开门。她们看见碧的忧郁的面容，心就变得更沈重起来。

"明怎样了？"佩珠关切地低声问。

碧摇摇头，忧愁地回答说："恐怕没有希望了，"就让了她们进去。

在一个不很明亮的房间里，一张旧式的架子床上，明静静地躺在那里，一幅薄薄的被褥盖了他的半个身子，德华坐在床头一把藤椅上，用手帕在揩拭眼睛。

“德华，”佩珠一进门便低低唤了一声。

德华站起来还来不及答话，明就在床上问道：“佩珠，你来了吗？”

佩珠应了一声，便和慧同走到床前温和地说：“明，今天好些吗？”她们看清楚了明的脸，那脸上没有肉，没有血色，不像一个活人的脸。她们本想做一个微笑，然而佩珠却不由得让泪珠流下来，慧能够忍耐，她用力咬着她的嘴唇。

“佩珠，慧，你们都好。我是完结了。我要离开你们了。”明的瘦脸上现了一个悲惨的微笑，他的话语很清楚，表示这时候他的神志是很清明的，他说一句话他自已很知道这话的意思。

“不会的，你的病不久就会好起来，”佩珠极力忍住悲痛，温和地安慰他道。

“我不会好了。那医生是没有用的。我完结了。想到你们大家都忙着，我一个人静悄悄地死，这是很难堪的。佩珠，我不愿意死。”他的声音依旧很清楚，脸上带着悲惨的微笑，眼睛里却嵌着泪珠，一只右手压在被褥上，手指微微地抖动。德华用手帕掩了面在旁边抽泣起来。明略略停顿一下又继续说下去：“德华常常哭，她待我真好，你们大家待我真好，然而我要死了。我不能够再担任一点工作了。我要离开你们了。”

佩珠在床沿上坐下，伸手去把他的压在被褥上面的手握着，一面安慰说：“明，你不要再说话了。你歇歇罢。不仅德华，我听了你的话我也想哭了。”

“明，你不会死，在你这样青的年纪是不应该死的！”慧立在床前对明说。

“不该死？谁又不该死呢？”明的眼睛睁大起来，他的手抖得很厉害。他说话，牙齿抖着。“我是被他们害死的。他们天天拷打我，折磨我，他们不让我活，所以我就要死了。我应该死了，在这样青的年纪就死了！”他带了气愤地说着，脸色变得很难看，声音也含糊起来。但这些话并不曾漏过这房里的人的耳朵。连新进来的敏，亚丹，志元，仁民都听见了。

房间里沈默着，没有人想说话，佩珠把明的冷冷的手捏得更紧，好像害怕一放松就会马上把他失掉。别的人却静静地站着，动也不敢动一动，好像是几座石像，让明的喘息和德华的抽泣声在空中飞舞。这样地过了一些难堪的时候。大家用同情的眼光看明，又用恐怖的眼光彼此看着。于是仁民低声在志元的耳边说了几句话。碧走过窗下，便站在门边，伸了个头进来看。

明在床上慢慢儿叹了一口气，又把头一动，用他的软弱的眼光看站在桌子周围的那些人。他把嘴一动，笑了，这笑容在别人看起来依旧是悲哀的。仁民向前走了两步，站得离他更近一点。

“仁民，你来了，我却要死了。”明望着仁民，眼里又迸出了几滴泪珠，他继续用那战抖的声音说话。“我不能多看见你了。我并不怕死，可是想着你们大家都忙着工作，我真不忍心离开你们。”

“明，你放心，你是不会死的，我们大家都不愿意你死，我们大家都爱你，”坐在床沿上的佩珠俯下身子望着明，含了眼泪地劝慰说。贤不能够忍耐，使扑到床前去，把头压在明脚边的被褥上伤心地哭了。

“明，你歇歇罢，你太激动了。你的病是不要紧的。你不要怕。”仁民想和他说许多话，但结果只说出了这几句。

“我并不怕。不过在这时候大家一块儿工作得很好，刚刚有了一点希望。我一个人就死去。这情形是有些悲惨的。”明说到这里停了停又说：“我不愿意离开你们，我真不忍心离开你们。”

“好，明，你闭着眼睡一忽罢，你不要再说话了。”仁民温和地说。

“不行，我闭上眼睛，在我眼前就像在开演电影，都是那拘留所里面的景象，真可怕，你们决不会想到！”明的声音里带了一点恐怖，他努力睁大了眼睛，在他的瘦得只有皮包骨的脸上，这一对眼睛就像两个小洞。

“那里面的生活给他的印象太深了，”亚丹背靠着桌子站着，把一只手捏成拳头用力压在桌面上，他侧着头低声对志元这样说。

“他们整天拷打他，他那瘦弱的身子怎么受得住?”志元埋了头低低地回答说。

“这就是人家对付我们的方法!”敏在旁边插口道，他沈着脸，咬着嘴唇，从眼睛里射出来似乎是憎恨的眼光，“这并不是第一个牺牲了。”

“呵，那星光，那星光就快要灭了，”明在床上眼睛望着帐顶自语似地说。

“明，你说什么?”佩珠把头俯下去温和地低声问。

“我说那星光，过一会儿，我就会什么都看不见了，”明依旧自语似地说。

“不会的，不会的，星光是永远不会消灭的!”德华在旁边抢着回答说。她已经不哭了：虽然她的脸上还留着泪痕。她站在床前，微微低下头把两只明亮的大眼睛望着他的脸。她还记得明的话，明对她说过在白天他也看儿那星光，甚至在囚室里星光也照着他的路。

“仁民，”明把头一动这样唤道。

“我在这里，你看得清楚吗?”仁民温和地说。

“请你过来，请你过来，”明接连着说。仁民就走到床前，德华让了地方给他。他站在佩珠的旁边。他也俯下头把他的温和的但又是坚定的眼光投在明的脸上，低声问：“什么事情?”

明把仁民看了一会儿，好像要认清楚仁民的面貌，然后说："我问你一句话，你比我们知道得多，我读过你的许多书，"他微微一笑，这时候他的声音有些不同了，这里面似乎多了一种东西，但究竟是什么，众人也不明白。"我问你在我们中间——爱——我说那恋爱——我们也可以恋爱——和别的人一样的吗?"那软弱的眼光哀求地射到仁民的脸上。"我们有没有这——权利?他们说恋爱会——妨害工作——和革命——冲突。你不要笑我——我始终不能够——解决这个问题——许久我就想问你。"在这些话里面明把希望和痛苦混在一起，虽然是软弱的声音，但人也可以分辨出来。的确那个问题把明苦恼了许久，他很早就想写信去问仁民，问剑虹，但他害怕会被人笑，所以他终于没有问，他把它藏在他的心里一直到现在，这时候他依然不能够解决它。

仁民注意地听着，他想不到明会把这些话来问他。这并不是一个难答覆的问题。他微笑了。他说："明，你为什么还想这些事情?你应该多休息你的脑筋，你的身体更要紧。"

"你说，你回答我罢，我等了许久了，"明哀求地说。

仁民沈默了一下，把眼光略略在佩珠的脸上一扫，又看了看慧，他知道慧曾被一些朋友嘲笑地称做恋爱至上主义者，他也知道慧和好几个男朋友发生过关系。他又看德华，她正把畏怯的眼光向着他这边射来，他知道德华和明正相爱着。他现在明白了：明被一个义务观念折磨着，用工作来折磨自己，用忧郁来摧残自己，只为的是要消灭那爱的迹印。这事情在他如今看来是很不重要的，然而明为了这个就毁了身子。明现在垂死地躺在床上，和这事情也有一点关系。仁民想到这里不觉起了痛惜的感情。他痛苦地说："为什么你要疑惑呢？个人的幸福不一定是和群体的幸福冲突的。爱并不是一个罪过。在这一点我们和别的人不能够有什么大的差别。"他觉得对着明他只能够说这样的话了。但是他又明白他再这样反覆申说下去，也没有了用处，因为现在已经太迟了！他想不到一个人会拿一个不必需要的义务观念折磨自己到这样的程度。他痛苦地闭了嘴，略略侧眼去看佩珠，她似乎在点头。

明微微叹了一口气，带了点欣慰的样子说："我原也是这样想。"歇了一下他又用更低的声音说："可惜已经迟了。"他的脸上现了一阵痛楚的拘挛。众人屏着呼吸注意地看着他的挣扎。然而他是一秒钟一秒钟地衰弱下去了。

"我们又贡献一个牺牲了！"敏的沈重的声音响了起来。"在我的眼睛里这已经有好几次了。"

"敏，这不过是开始呢！你就不能忍耐了？"慧苦恼地说。

………………………………………

“谁知道！我又不是预言家！”仁民摇摇头，把两手摊开，他的声音很坚定，没有一点烦躁。那态度甚至有点像骄傲。

众人看着敏和仁民，他们不知道在这两个人中间会发生什么事情。但他们注意地听着他们的问答，因为那两个人所谈的也就是那苦恼着他们的心的问题。

敏烦躁地在房间走了几步，他站在仁民的面前激动地说："我的血每夜每夜都在叫：我知道这是那些朋友的血，他们在唤我。我眼看着好些朋友慷慨地交出了生命，我不能够再做一个吝啬的人。"

“并没有谁说你是吝啬的人，”慧在旁边打岔说，她对敏很关心。

“那么什么时候才轮着我呢？”敏侧着脸，烦躁地问慧道。他很激动，声音抖动得厉害。他指着床上的明。“为什么就轮着他？他是不愿意死的。他刚才还嚷着他不愿意死。”

“这全是偶然。也许你的轮值明天就到，也许我的轮值明天就到，”慧低低地说，她极力做出一个冷冷的微笑，好像她对于那命运完全是不关心。

“你不觉得那等待，比任何折磨都更可怕吗？我很早就等着那轮值。我要找一个痛快的机会把生命交出去。”敏苦恼地说着，两只眼睛里射出来强烈的忧郁的光，举起一只手用力搔他的头发。

“敏，不要这样说!”仁民用他的坚定的温和的声音说。“一刹那的痛快固然使你自己满足了，然而社会要继续存在下去的。它需要着那些勇敢的人。”

“但是··················”敏激动地说，眼睛里快要喷出火来，他那样锐利地看着仁民，想把仁民的那坚定的态度打碎，但没有用。

慧在旁边微微一笑，这笑里含得有苦恼，她温和地望着敏，说：“敏，安静些罢，你太激动了。”

碧走进来，她低声接口说：“这种环境很容易他人激动。”

佩珠坐在床沿上捏着明的一只手，这些时候都不开口，就静听着他们争论。她忽然用了似乎是平静的声音说：“我们没有理由轻易牺牲。血固然很可宝贵，可是有时候也会蒙了人的眼睛。痛快地交出生命，那是英雄的事业。我们似乎更需要平凡的人。”

“佩珠说得不错。我们目前更需要的是能够忍耐地沈默地工作的人，”仁民接着说。

“你们不了解我的心情，你们全不了解，”敏摇摇头执拗地，苦恼地说。

“为什么不了解你呢？你的苦恼不就是——”慧正在温和地劝着敏，佩珠的悲痛的声音便响起来打断了她的话。佩珠站起来，清晰地说："我们里面又少了一个了。"泪珠开始沿着她的脸颊流下来。

"明，"德华唤着就扑过去，俯倒在床上伤心地哭起来。

"他死了！……"敏疯狂似地悲痛地叫起来。

"他不会死，他永远活在我们的中间，"慧接着说，她的眼前就仿佛现了明的忧愁的面孔，她的眼睛不觉润湿了。

众人沈默着，都把润湿的眼睛掉向床上看。过了一会儿，碧走过去，把那俯倒在床上明的脚边哀哭着的贤唤起来，她说："贤，不要哭了。你马上去把克叫来。你就去。我们早些了结明的事情。"

贤茫然地站在床前，一面含糊地应着，一面用手不停地在眼睛上揩拭。

"我去，贤，你就在这里留着！"敏抢着说，他的声音是很沈重的。他不等众人说话，便踏着大步往外面走了。

五

明死了，就像一颗星从黑夜的天空里落了，以后人便不看见它升起来。但在人们的口里明这个名字还被人常常谈着。

在最初的几天里德华时常想念着明，她和人一提到明，眼里就要淌泪。

“德华，你为什么老是想着明呢？想念和悲泣都是没有用的。明已经死了。”佩珠正坐在书桌前写文章，看见德华淌泪，便放下笔这样劝慰她。她的声音是很温和的，她看待德华就像看待自己的妹妹。

“我以前待他太不好了。简直是我在折磨他。你想他受了那么多的苦！”德华说着便往床上一躺抽泣起来，她仿佛还看见明的眼睛带了恳求的表情在望她。

佩珠看见德华把头俯在枕头上，低声哭着，肩头不住地在耸动，她心里也有些难受，就走到床前，坐下去，伸手去轻轻地抚摩她的头发，一面温柔地说：“你看，这几天你就瘦多了。悲哀很容易折磨人的。”

德华没有答话，依旧低低哭着，那哭声像针一般地刺在佩珠的心上，佩珠觉得忍耐不住了，走去扳德华的颈项要她把头抬起来，德华温顺地坐起抬了头，那脸上满是泪痕，两只大眼睛茫然地望着窗外。窗外正充满着阳光，微风把树叶吹得动，一些蜂群在空中飞舞。

“过去的事是无可挽回的了，在我们的前面还躺着那未来，德华，你拿出勇气来!”佩珠温柔地在德华的耳边说。“你看，你一脸都是泪痕，无怪乎人家要说你爱哭了。”便摸出手帕来，慢慢儿替她揩拭眼泪。

“佩珠，你待我真好，”德华感动地说，她很温顺地把头靠在佩珠的胸前，她的抽泣还不能够停止，这使得她的话语成为断续的了。“我没有勇气。我爱明，我就不敢把爱情表示出来。慧从前就责备过我了。我处处不及你们，我知道的比你们都少。我怕我没有勇气走那未来的路。”她说着就叹气，她觉得她的前面没有路，只有一片黑暗。

“不要怕，你不知道你自己，”佩珠揩拭了德华的眼睛，把手帕放回在衣袋里，依旧俯下头看德华的脸，看德华的眼睛。她看见德华的畏怯的，悲痛的表情，她微笑了，她把德华轻轻抱着，爱怜地安慰着这个身子微微颤抖的女郎。“没有人生下来就有了勇气，谁都是在那个大洪炉里面磨练出来的。你想不到我从前也为了别人说我太软弱而痛哭过，我一晚上哭湿了一个枕头。”她想到那过去的事情不觉微微笑了，她仿佛自己就站在一条河边看那对岸的景物，是隔得那么远远的。

“你比我强，你的境遇比我好。我的境遇是很悲惨的，”德华声音战抖地说，“我怕我不能够支持下去。我不想活，”歇了歇她又换过语调说：“佩珠，你想我能够支持下去吗？我能够做一个勇敢的女子吗？就像你们那样？你说，你老实说！”她侧着头恳切地看着佩珠。不知道从什么地方来了一线的希望把她的眼睛照亮了一点。

“为什么不会呢？你这傻姑娘！”佩珠笑了。她把头俯下去轻轻在德华的软发上吻了一下。“我原也是很软弱的。可是和大家生活在一起，我就觉得有勇气了。你怕什么？你在这里，不是我们大家都爱着你吗？这友情会使你活泼起来，强健起来。”

德华注意地听着佩珠的说话。佩珠闭了嘴，她也不回答；却沈默着似乎在想一件事情，她让佩珠继续抚摩着她的头发。她的畏怯和悲哀却渐渐地消去了。过一会儿她忽然问道：“佩珠，你常常看见星光吗？”

“星光？什么星光？”佩珠不懂得这意思，惊讶地问。

“明说的。他说星光是不会消灭的。他把我的眼睛当作星光。”德华梦幻似地说。

“德华，明说得不错，你的眼睛有一天会发光。”佩珠又俯下头。温和地感动地回答道。“不是向着明发光，是向着那许多人。”她突然转过话题问：“你看见那天广场上的景象吗？”

“是的，我看见的，那么多的人，那景象使我的心跳得很厉害，那景象使我忘了自己，”德华点着头回答说。“我看见你，你是那么勇敢。”她记忆起那天的景象她就很激动。她到这城里来，参加群众的集会，那天还是第一次：给她的印象是很深的，因为明站在讲台上说话，那许多人似乎是为了明而来的。她又记忆起佩珠站在石凳上动着头像狮子抖动鬃毛的那姿态。她不禁带了赞美的眼光看佩珠。

“我不算什么！慧，碧，影，她们都勇敢。你也可以做到她们那样。”

德华被佩珠的鼓舞激动了。她的脸色渐渐地光亮起来。她惊喜地问道：“你真的以为我可以做到她们那样吗？告诉我，你们是不是用得着像我这样的人？”

佩珠看见德华这样地说话，她不觉高兴地笑了。她轻轻在德华的头上拍一下，温和地问道：“你要正式加入我们里面来吗？”

“但是我还没有做过一件事情，不知道你们肯不肯相信我？”德华迟疑地说，她这些时候就没有把眼睛离开过佩珠的脸。

“德华，谁不相信你？你这傻姑娘！”佩珠快活地拥抱着德华。“我们同住了这几个月。你和大家都过得很好！我们都爱你，都欢迎你。”

德华站起来，温和地摆脱了佩珠的手，用平静的脚步走到窗前站立一刻。佩珠慢慢地走到她的背后，把一只手搭在她的肩头。她忽然掉过头看佩珠，庄严地唤道：“佩珠。”声音是和平常不同的，使得佩珠不禁惊讶起来。两个女郎的眼睛对望着了，都是坚定的眼光。德华的略带憔悴的脸突然发亮了。她似乎变成了另外一个人。她的细弱的身子坚定地立在地上，就像一座石像。但是渐渐地，渐渐地，热情在她的身体内生长起来，她仿佛感觉到它的生长，她觉得它不停地涌着，涌着，她把它压抑不住。她的身子开始微微颤动了。她又用战抖的声音唤道：“佩珠。”这声音有点儿像抽泣。她的眼睛里开始流下了泪珠。

佩珠温和地应着，她注意地把德华看了这许久，她的惊讶很快地就消灭了。她很清楚，她仿佛看透了德华的心。她知道这是很自然的举动。她自己也有过这样的经验。当她第一次决定把身子奉献给一个理想的时候，也曾这样地哭过。

“佩珠，我下了决心了。”德华迸出了这一句话，便卒然掉过身子又在房里踱起来。

“我知道，”佩珠微微笑道。她看见德华走出了房门，便跟着出去。

德华走下石阶，在天井里站着，伸出两只手向着天空，让太阳光洗涤着她的全身。佩珠就站在石阶上看。

亚丹拿了一块巢础架从里面出来。他穿着一件衬衫，领口敞开，袖子挽到肘上。他看见她们便笑着问："你们两个真闲！也不来给我帮忙。"

"你什么时候来的？我还不知道，"佩珠笑着说。"你来，也应该先来看看我们。"

"我来了许久了。我来的时候听见你们房间里没有一点声息，我以为你们出去了。"亚丹笑着回答，又问着德华："德华，你怎样了？这两三天你为什么不到学校去？你们年青女孩子应该活泼点，勤快点才行。"

"女孩子？好大的口气！"佩珠扑嗤笑了。接着她又说："亚丹，告诉你一个好消息，德华已经决定正式加入我们里面来了！"

亚丹的长脸上现了一个满足的笑容。他走到德华的面前快活地说："我祝贺你！我早就料到的。你想像不到我心里的高兴！"他伸出手来把德华的手握了一下。德华却羞涩地微笑了，就像一个小孩受了别人的过分的夸奖那样。

"我很幼稚，我希望你们多多指教。"德华像一个女孩子般谦逊地说。

"你不要客气，我们又不是新朋友，"亚丹还要说下去，忽然听见里面有人声他便住了口，接着英跑了出来。

“亚丹，快来！佩珠，德华你们都进来看！”英看见他们便这样嚷起来。

“什么事情？你这样大惊小怪！”佩珠笑着责备他。她知道英的脾气，他平日就喜欢嚷，喜欢跳。

“我们的蜂！看我们的蜂！”英快活地回答着。“今年成绩一定好！将来你们大家都有蜜吃！”他说罢就往里面跑，亚丹们跟着进去。

他们走进里面，穿过一个天井，穿过一个厅堂，由一道小门出去，就进了蜂场。那是一个园子。地方还宽敞，种了好些树木。许多个蜂箱堆在地上，三四个叠在一起，从每个蜂箱旁边的缝隙里，那些黄色的小虫不住地飞进飞出。园子里充满着蜜蜂的吵闹的叫声。

亚丹把手里的巢础架放进一个新的蜂箱内，那箱是空的，正摆在一块石头上面。

“这几天我们正忙着，蜂拼命在分封，要添出许多箱来，”亚丹一面说，一面做事情。英却揭开一个蜂箱的盖子，从里面取出一个巢础架，两面都被蜂贴满了，蜂密密麻麻地动着，人看不出来它们究竟有多少。英拿一只手提着架子用力一抖，把大部分的蜜蜂都抖去了，他又接连着抖了两下。于是他们的周围就凭空添了不少的蜂。空气中原先充满着蜂群，这时候显得更拥挤了。有几只蜂贴在英的手上，有几只便飞到德华和佩珠的头上站住了。

德华畏怯地摇动着头，被英看见，他就平静地带笑说："不要怕，它们不会刺人的。"又看见手里的架子上巢础已经被蜂咬坏了，只剩了一小块，便去取了一块新的来放进去。

亚丹也同样地忙着，他却时时掉过头来嘱咐着英：

"英，不要忘记加糖水。"

"英，记着看见蜂在做王台，就给它毁掉，免得分封太快了。"

佩珠和德华在旁边走来走去，看着他们做这些事情，她们也觉得很有兴味。佩珠禁不住微笑地对德华说："亚丹这个人很奇怪。慧说他粗暴。他却可以和蜜蜂，和小学生做很好的朋友。"

"粗暴？是的。这是你们女人批评我的话，因为我反对恋爱，因为我常常骂你们女人！"亚丹听见佩珠的话，便带笑地抢着分辩说。

"我在和德华说话，我并没有和你说！"佩珠拿这话来堵塞亚丹的嘴。亚丹笑了。英和德华都笑了。

"佩珠，"歇了一会亚丹换了庄重的语调唤佩珠，他却不抬头看她，他仍在做他的工作。

"什么事情？"佩珠带笑地问，以为他还在和她开玩笑。

"你看出来敏这几天的变化吗？"

听说提到敏，佩珠就不笑了。她的面容渐渐变得严肃起来。她仿佛看见了敏的苦恼的面貌，仿佛听见了敏的烦躁的话语。她这几天也就关心着敏的事情。她低声回答说：“我知道。”

“你不觉得有什么危险吗？我今天上午还和仁民谈过，我们应该正式开导他一番。仁民等一下就会到这里来。”亚丹的声音里带一点焦虑。

佩珠沈默了一下像在想一件事情，过后她便忧郁地回答说：“这没有用。敏现在是很固执的。他知道的不见得比我们少。但是他的性情——他经历过了那许多事情，那样的环境是很容易使一个明白的人变为疯狂的。”

“我们就不可以帮助他？”德华恳切地插口问。这是听见他们的谈话以后说的，事实上她并没有注意到敏的变化。

“恐怕没有用，”佩珠摇摇头说。“敏也许比我们都热烈，比我们都勇敢。这是一个悲剧。生活的洪炉把他磨练到这样。……德华，你不觉得可怕吗？你决定了到我们里面来。”

这一句话把德华问着了。她完全没有想到那些事情。她也不很懂得佩珠的意思。她看佩珠的脸，那脸上有苦痛的表情，但眼光却是很坚定的，很有力量。她记起了她和佩珠同住了几个月，她知道一点佩珠这一群人的生活状况，她认识那些人，她同情他们的思想。她甚至多少分享过一点他们的快乐和愁苦。她佩服他们，羡慕他们，爱他们。她愿意和他们在一起。她并没有一个时候在他们里面发见过恐怖，她自己也没有感到过。她为什么要害怕？她就直率地回答道：“我为什么害怕呢？和你们在一起我什么打击可以忍受，你该晓得在我的胸膛里跳动的，不再是我一个人的心，那是你们大家的心。任何大的悲剧，我可以忍受。”她说到后面，自己很受感动，声音战抖着，她一面指着自己的胸膛。这时候她仿佛看见穿过那飞舞的蜂群，透过那些树木，越过那土墙，便立着那监狱，便现着那刑场，那枪统，那大刀，那许多种她叫不出来名称的刑具排列在那里，使她的眼睛昏花起来。渐渐地从远处现出了许多面孔，许多带笑的面孔，都是她的朋友的。它们逼近来，遮住了一切，于是消失在土墙后面，树林后面，蜂群后面，她没有一点恐怖，她反而微微地笑了。亚丹在她的对面躬着腰抬一个蜂箱，听见她说话，便举起头带了赞叹的眼光看她一下。英继续着给蜂毁王台，就停止了来对她做个笑脸。

佩珠看见德华的笑，心里就高兴起来，把方才的忧郁赶走了。她无意间抬起头看天空，天是蔚蓝色的，非常清明，没有一点云片。她看不见太阳。太阳给树梢遮住了。她埋下头，看见满地都是阳光，在树荫下面也有好些明亮的斑点。这时候她忽然想起了那未完的文章，就对德华说：“你在这里玩玩罢，我要去写完那篇文章。”

“好，你先走罢。”德华温和地应着。佩珠刚移动着脚步，就看见林舍动着两只小脚一偏一跛地走进来，在她的后面跟着仁民。

“佩珠，客人来了！”林舍的脸上堆着笑，她张开大嘴说话。“亚丹你这样忙着，也该休息一下！”她看见亚丹忙着开关每个蜂箱的盖子，就这样嚷着：“我来给你帮忙。”她就往亚丹那边走去。她走路时样子似乎有些吃力，但她却走得很快。她也去拿巢础架，她也去开蜂箱，她一面做，一面唤亚丹，时时和他说话。

仁民和众人招呼过了，歇了歇，说了几句话，就走到佩珠的身边，极力做出平静的样子低声说：“佩珠，我们到外面去。”佩珠点了点头默默地跟着他走出去。德华痴痴地望着他们的背影。亚丹从蜂箱后面投过来一瞥匆忙的眼光。英正忙着在找王台，林舍俯着头在揭蜂箱的盖子，他们都没有看见什么。

走出厅堂，仁民便在佩珠的耳边说：“报馆马上就会有问题。”

佩珠侧过脸投一瞥惊讶的眼光在仁民脸上。

“旅部里的朋友刚才送了消息来，报纸的寿命至多还有一天。”仁民严肃地低声说下去，他和佩珠的脚步并没有停止过。

佩珠默默地咬着嘴唇，她的心跳动得很厉害。她几乎不相信这消息，但她知道这是真确的事实。她的愤怒是很大的。她只觉得血不住地在她的身体内涌。她就庄严地说了一句："我们去看雄。"雄就是那报馆的一个编辑。

"雄到报馆去了。慧在妇女协会里等你。"

"好，我们就走，"佩珠坚决地回答着。他们进了房间。佩珠把那未完的文章收拾起来，另外留下一个字条放在桌上给德华看。

这两个人匆忙地走了出去，一个工人来给他们把门关上。

街道上异常静寂，花在荒凉的旧院子里开放着。蜜蜂在空中飞舞。阳光给石板道镀上了金色，石板缝里的青草昂着头呼吸这温柔的空气。这一切和平常没有两样，但是他们的心却很厉害地跳动着，使他们几乎不敢说一句话，恐怕一开口心就会跳出口来。

他们走过几条窄巷都没有遇见行人，偶尔在大开着的旧院门前，看见两三个妇女坐在那里谈闲话。空气一点也不紧张。但他们依旧匆忙地走着。在一个十字路口，他们和一个背枪的兵士对面走过。那年青的兵士好奇地把他们看了一眼，但也没有做什么举动。

他们进了大街，走在平坦的马路上，他们才惊讶地注意到这条马路上今天忽然地显得异常拥挤了。许多人吵闹地谈论着迎面走来，往他们后面那方向走去。在人丛中时时现出来武装的兵士。

"我们先到报馆去一趟!"佩珠忽然感到一个预兆，就变了脸色，低低在仁民耳边说，声音略略有点颤动。

仁民没有说话便跟着她掉转身子往后面走。他们依旧走得很快，穿过那人堆里。没有人注意他们。但有两次他们几乎和对面走来的人相撞了。两次他们都听见人用本地话骂他们，他们却没有功夫去细听那些话。

走完两条街，他们看见前面的许多人停了脚步。那些人全停在一个建筑的门前。那里已经聚集了不少人。佩珠吃了一惊。她不用思索，知道那里正是报馆的馆址，是一所一楼一底的铺面。她轻轻把仁民的肘一触，等仁民侧过头，她把一瞥恐怖的眼光投在他的脸上。仁民不开口，他的脸上突然飞来了一堆黑云。他马上掉头去看前面，他一面走着，一面用手去挽了佩珠的一只膀子。

一些人忽然从前面退了下来，原先聚在报馆门前的一堆黑影马上散开了。他们不知道这是什么缘故，却依旧用力挤上前去。后面有人在推动他们，前面有人退下来，这拥挤是很费力的。仁民把佩珠的手膀紧紧挽着，两个人的身子靠在一起，用力向前面慢慢儿移动。有几分钟光景他们实在不能够前进了，就蹑起脚伸长了颈子看前面。他们看见一个警察拿着鞭子在赶人。但过一会儿那警察不见了，退下来的一群人又围了上去，前面松动下许多，他们趁着这机会，费力挤到了报馆门前。

报馆前面停着一辆大汽车。步道上站着十几个持枪的兵士。门开着，两个兵在门前守卫。在报馆里面闪动着兵士的影子。

佩珠低低叹了一口气，把身子紧紧靠在仁民的身上，仁民用一只手抱着她的腰。他们隐在人丛里，只露出了两个头。他们都仰起头去看楼上，那些关闭的窗户遮住了里面的一切。但从那里面却送出来脚步声，吵闹声和移动家俱的声音。

一个兵捧了一束纸件跑出来，另一个兵又抱了些簿子和书本。他们把这些东西都放进汽车里面。接着在报馆里面又起了大的响声。

“前面去，”佩珠低声在仁民的耳边说。她便往前面挤去。人群中起了一个骚动，众人都争着往前面挤。

从报馆里面一些警察赶了几个人出来，让他们走开了。接着几个武装兵士押着一个人出现了。

“雄！”佩珠禁不住悲痛地念出了这个字，她往前面一扑，她的身子就微微战抖起来。仁民吃惊地看她一眼，把她的腰紧紧搂住，恐怕她要跑到前面去。

雄穿着青西装裤，上身只穿了一件衬衫，两只手反剪地被缚在后面，一张脸阴沈着。那脸上没有一点惧怕的表情。四个兵押着他。他平静地走着，一面把他的锋利的眼光往四面射，好像在人丛中寻找什么人一般。

佩珠和仁民差不多忘记了自己，那激动把他们压倒了。他们把头伸出去把眼光向着雄的脸上投去。于是他们的眼光和雄的遇着了。雄微微一笑，那眼光就变得温柔起来。佩珠的眼里迸出了泪珠，她几乎要叫出声了，却被仁民一只手轻轻把她的嘴蒙住。他们还在看雄，但雄马上掉开了脸，低下头跟着兵士走了，仿佛并不曾认出他们来。

佩珠用眼光把雄送上了汽车。仁民却痴呆似地望着那报馆门。一阵惊骇使他的眼睛变花了。从那门里兵士们又押出来一个人，是一个三十几岁的汉子，穿了一身的灰西装，两只手反剪地缚在背后。他昂然地走着，并不掉动他的头，两只眼睛梦幻似地望着远处，方脸上带了一点光辉，他半张开大嘴哼着一首叫做“断头台上”的日本歌。

原谅我罗，朋友们，
我无限地热爱着你们……

仁民看着那方脸，听着那声音，仿佛全身的血都凝住了。他把他的眼光死命地钉在他所热爱的这张方脸上，他恨不得把以后几十年的眼光都用在这一瞬间来看它。但是那个人却跟着兵士上了汽车不见了。当那人走过他这一边的时候，他曾在人丛中说了一个“萨约那拉（日文再见意），”他的声音并不很低，可惜却不能够透过人群的吵闹达到那人的耳里。“佩珠，”他悲痛地在她的耳边唤道，他觉得她的身子在他手腕里厉害地抖起来。“我们走罢，”他的眼睛模糊着，他的心开始痛楚了。

那些兵士都拥上了汽车，于是喇叭一响，汽车就开始动起来。人丛中接着起了一个大骚动，许多人嚷着跑着，警察又拿起鞭子来驱逐看热闹的人，很快地马路上现出了一条路，让那汽车得意地开走了。

报馆门被锁住了，人已经在门板上贴了封条。一个警察还留在那门前步道上徘徊着。看热闹的人散去了，他们一路上谈论着。许多人的口里都发出来不满的言论。

在那散去的人群中，仁民挽着佩珠的腰，默默地走着。两个人都不想说话，都觉得身子落进了冰窖，血液已经冷固，不再在身体内循环了。眼睛被泪水模糊着，在那眼瞳儿上面还印着刚才的一幅图画。

忽然一只手从后面伸过来在仁民的肩头轻轻一拍，仁民就松了那只搂着佩珠的手回过头去看，他遇着了敏的沈重的眼光。敏阴沈着脸，现了愤怒的表情，敏的旁边站着碧，就是雄的伴侣。碧的脸上好像点燃了火，那小眼睛里不断地冒出火光来。她的眼睛是干燥的，她似乎并没有哭过。佩珠这时候也把头掉过了来。她亲密地低低唤了一声“碧”，便往碧的身边走去。

“我们走罢！”敏命令似地说，拉着仁民往前面走了，让佩珠和碧留在后面。太阳已经下了山坡，但霞光却升上来，染红了半个天空，从这马路上望过去，尽头处是一匹山，他们的眼睛看不见它，就只看见那一片红光，好像半个天空都给人涂上了鲜血。

“仁民，你看见吗？我的眼睛里全是血，全是血，”敏苦恼地说，声音低，却很沈重，就像用一把小石子投掷在仁民的心上。

仁民，默默地看敏的脸，他突然被恐怖抓住了。他的眼里充满着霞光，他看敏，仿佛敏的脸上就全是血。歇了歇，他镇定了自己，悲痛的感情又在他的心里升起来，他忍耐不住，就低声问：“你听见他的歌声吗？志元刚才唱的。”

敏微微摇了头，沈重地回答说：“我的耳朵已经聋了。”过了半晌他才接下去：“我们上当了。”

碧和佩珠从后面赶上来，走过他们的面前，碧低声说一句：“到慧那里见，”两个女郎就大步走了。

“我们走快一点！”敏说着也就放大脚步，追上去。

不到一会儿功夫四个人陆续进了工会的大门。广场上很冷静，克一个人埋着头在那里徘徊着。

“你们这时候才来！”克看见他们走近了，就惊喜地说。

他们不答话，只带了严肃的表情走过来。到了克的身边，敏沉重地说：“完结了，两个人完结了。”

“两个人？”克的脸色马上阴沉下来。他苦痛地念着这三个字。似乎不大明白这意思。

“两个人，雄和志元，我们亲眼看见的。”碧接着说。她的火一般的眼睛烧灼着克的脸。她的声音是严肃的，但似乎又是冷淡的。好像她看见自己所爱着的雄的失去，并没有一点个人的悲痛。而其实那悲痛正隐隐地割痛着她的心。但是另一种感情压倒了她，使她忘掉了一切。她就伴着佩珠往里面走去。

“这不过是个开场，以后的戏还多着呢!”敏苦恼地，甚至带了点恐怖地说。

“我们到慧那里去商量!”克坚决地说。

“仁民，你马上就离开这里，这里现在很不安全。”克一面走忽然掉过头来对仁民说。

“你自己也应该留心，你的情形比我更危险，”仁民关心地回答着，脸上露了一个笑容，没有惧怕，但多少有一点痛苦。

“这时候谁还能够顾到安全？我们是不要紧的。你却应该保重自己，”敏的声音渐渐得温和了，他关心地看了仁民一眼。

仁民还想答话，一种感情却突然袭来阻塞了他的咽喉。热泪从他的眼里迸出来，他的痛苦好像给一股晚风吹去了。他感激地想：在这时候和那些朋友们一块儿去死，也是一件很快活的事情。

六

碧第一个走进妇女协会，佩珠跟在她的后面。她们进了慧的房间，慧和影正在低声谈话。

“雄呢？碧，你一个人来！”慧看见碧就这样问。碧起先出去，原是去唤雄回来。

“我只来得及看见他上汽车，现在押到旅部去了。”碧痛苦地低声说，她就疲倦地往床上一倒，把两只手盖着脸。好像她先前努力支持了那么久，现在是精力竭尽了。

“什么？这样快！”慧惊恐地站起来，她走到床前去追问，影也站起不住地把惊恐的眼光去看碧。

“慧，一切都完结了。我亲眼看见雄和志元上汽车，”佩珠含着眼泪说。“但是他们没有惧怕，他们的脸上都带着笑容。”她说到这里声音便涩起来了，她再也说不下去，就抱着慧低声抽泣起来。

“完结了。”慧绝望地响应道，她紧紧地抱着佩珠。

影看见这情形也在旁边流了眼泪。

碧一翻身从床下跳起来。她的眼睛是干的，从那里面继续射出来火光，她用严肃的声音责备她们说：“你们哭着有什么用处！他们还没有死，我们应该想个办法！”

慧放脱了佩珠，把手在眼睛上一抹，回答道：“我们找克来商量。”

佩珠抬起头，从泪花中看见了壁上挂的爱玛·高德曼的放大照像，那女革命家正带了刚毅果决的眼光来看她。她镇定了自己，她觉得心上的重压都给她这一阵哭赶走了。她急急响应道：“我去，事情很紧急了，我的哭耽误了事情。”

“斗争开始了，我们应该沉着应战——”碧兴奋地说，她听见外面有脚步声便把话止住了。

“仁民来了，”佩珠解释说，她分辨出来这是仁民和敏的脚步声。果然接着便进来了那两个人。

“今晚开会，在你家里好吗？”敏一进来就对慧说。

“好，人到得齐吗？”慧点着头，一面问。

“就只有我们几个！有的人来不及通知了。云今天又在城外。”

“慧，你马上回去！你和碧一道去。我们接着就来！”佩珠这样催促慧。

“但是这里还得收拾一下。”慧回答说，把眼光往四面一扫，好像看看房间有什么东西应该收起来。

“你先去，这里的事我来做！”好些时候不开口的影坚决地这样说了。

“那么，碧，我们走罢。”慧开了书桌的抽屉，把一束纸件拿出来。揣在怀里，便掉过脸去看碧。

“你一个人走罢。我还要回家去！”碧坚决地说，好像她已经下了决心。

“碧，你不要回去了，”影关心地插口说。“你家里不很安全。”

“我一定要回家去，有好些文件都放在那里。”碧固执地说，她的眼前就动幌着那些文件，她关心它们，比关心自己的生命厉害得多。

一听见提到文件众人就没有话说了，谁都知道文件的关系是很重大的，他们决不能够失掉它。佩珠热烈地出来说：“那么我陪你去！我帮你去收拾屋子，你没有理由可以拒绝我。”她侧头看见慧还站在那里，便催促道：“你还不走！站在这里做什么？”

“好，我现在走了！”慧短短地说了这句话便拔步往外面走了。但她又回过头说：“仁民，你呢，你跟我去。”

仁民还没有回答，佩珠便抢着说：“仁民，你就跟着慧去！你一个人在街上走，不好！”

仁民看了佩珠一眼就默默地跟着慧出去了。碧和佩珠也走了出去。敏走在最后，他还要去通知克，又要到学校去。影一人留在房间里忙着收拾东西。

敏到学校时，夜已经来了，但天空并不很黑暗。他匆忙地进了亚丹的房间，那里面还没有点灯。他听见亚丹激动地在和几个学生讲话。

“谁？”亚丹看见敏推了门进来，就停止说话惊恐地叫了一声。

“是我，亚丹，”敏沉重地回答说，他看见亚丹的长脸的轮廓在灰暗的背景中显露出来。这景象使他的心情更紧张了，他仿佛听见房间里有一个细微的哭声，但看不见什么。他就问：“为什么不点灯？”

“我们的光明灭了，”亚丹激动地回答，声音充满着苦痛，他刚刚得到了那不幸的消息，他在和学生们谈起雄和志元的事情。歇了歇他又问：“你有什么新的消息？”

“走，我们到外面去！”敏命令似地说，声音是很短促的，亚丹不知道那里面含着意思。

“仁民他们怎样？你看见他们了吗？”亚丹关心地问。

“他们都好，时间不早了，我们马上走！”敏说着，他却走到床前去，一面问：“谁在哭？”

一个学生从床上跳起来，扑到他的身边，拉着他的手膀抽泣地唤着“敏。”

敏拍拍那学生的头温和地说："贤，不要哭，眼泪是愚蠢的。"别的学生便围过来，向敏发出一些问话。

"他们怎样？人家会弄死他们吗？"贤抽泣地扭着敏的手膀追问着。

"谁知道？每个人都会死！"敏差不多粗鲁地答道。

"学校里的事情怎么办？"亚丹忽然发出这问话。"我本想召集一个会，但今天又是星期六。"

"学校大概不会有什么问题。前次我和志元已经扫除过了。"敏很有把握地说，接着便问："舜民呢？"舜民是这学校的教务主任，一个中年的本地人，他是一个忠实的同情者，不喜欢在会场里出面，却肯埋头做事情。在外面人看来，他的党派色彩是很淡的，却不知道实际上他替团体做了不少的事情。

"他刚才得到消息，就去图书馆检查去了。学生方面就由他们这几个人负责。说不定明后天会有人来检查学校。"亚丹镇静地回答说，一面指着面前的这几个学生。

"就这样办好了。别的事等一会再说。我们走罢。"敏觉得学校方面暂时没有大问题，便略略放了心催促亚丹快走。

"觉，你跟着我们出去。"敏就拉着贤走了出去，但亚丹还留在房里向一个学生吩咐一些话。

三个人走出学校，大门便被掩上了。这学校也是由一座旧庙宇改造来的，外面是广场，但已经被人在那上面修了一条横贯的街道，偶尔有一两个人经过，静寂的没有响声。两株大榕树立在阴暗的背景里，那两大堆茂盛的绿叶在晚风里微微摇动，就像两个巨大的黑影在空中舞动。环境是凄凉的，甚至是可怕的，但是在天的一边，那头大的金星明亮地闪耀了。

大街上很明亮。店铺大开着，从那里面射出来干电灯的光亮，酒馆里正热闹，从那不很高的楼窗里送出来女人的娇笑和男人的猜拳闹酒的声音。一个穿灰色制服的搂着一个艳装的孩子面孔的妓女坐在黄包车上走过去了。一个十字路口围聚着一群人，在一家店铺门前人在唱木偶戏。木偶在台上荒唐地打起来，一群人在下面开心地哄然笑了。在另一条街就在报馆的斜对面，一家店铺门前又爆炸似地响起了鞭炮。人们在笑着，玩着，开心着。这一天就像是一个节日。

报馆冷清地立在那里，封条贴在门板上，一个警察站在步道上，对着几个商人模样的人谈着一段笑话。

“敏。”亚丹忽然用一个战抖的声音在敏的耳边低低唤着。

敏含糊地应着，他的眼睛正在看那门板上的封条。但他并没有停止脚步，他马上就把报馆留在后面了。

“那东西你放在什么地方？”亚丹低声问道，他一面留神看旁边的行人。

敏侧着头看他一眼，好像奇怪他为什么问这句话。但敏并不给一个答覆。

“前一次是你和志元藏的。我今天在那原地方看过了，”亚丹的声音抖得更厉害了。他这时候很激动。

敏却用了镇静的眼光看他，并且用镇静的声音问他：“你为什么想起那事情？”

亚丹看见敏这样镇静地说话，他的激动反而加增了，他追逼似地说：“我知道，我怕你要使用它！敏，现在是不行的。……一时的痛快，没有用……现在还轮不到你。”

敏不作声，好像他没有听懂亚丹的话。其实他完全懂得亚丹的确说出了他所想做的事情。不只在今天，好些时候以前他起了那心思，他就预备着做一件事情，然而直到今天，直到先前的一刻，他才下了一个决心。这决心是无可挽回的，在他，一切事情都已经安排好了。这不是理智在命令他，这是感情，这是经验，这是环境，它们使他明白和平的工作是没有用的，别人不给他们这些长的时间，别人不给他们这些机会。像雄和志元那样的人也不能够长久地留在他们中间。他的轮值是不会久等的，他说过他不能够做一个吝啬的人。他也应该交出他的生命。那么与其由别人来发动，还不如由他先下手，由他来使用那暴力。

“为什么轮不到我呢？”敏沈重地说，那声音是很坚决的，好像他相信着他的轮值已经到了。

"不行，我们恨的是制度，不是个人，不是个人……"亚丹苦痛地说，他知道敏已经下了决心了，那事情是无可挽回的，但他确实相信着在目前暴力是不必需的，个人的恐怖更没有用处。他们正在困难的环境中挣扎着，他们应该慢慢儿发展起来。那一时的痛快会给他们摧毁了一切。他并不害怕。他却相信着那举动是不会有好处的。更难堪的是他不能够在失掉雄和志元以后再失掉一个像敏这样的朋友。

敏苦痛地微微笑了："亚丹，不要再说这些话。你不会说服我。你神经太过敏了，我并不预备做什么事情。"这一次敏却说了假话，他拿它来骗亚丹。

亚丹果然不作声了。他并不相信敏的话。他知道敏在骗他。他也知道任何理论都不能够阻止敏。他的话也是没有用的。对于这他不能够做一点补救的事情。他苦痛地在心里暗地计算那未来的损失。

他们到了慧的家，影出来开门。碧和佩珠还没有来，众人正担心着，但不到一刻钟光景她们便赶来了。

"我们很替你们担心，恐怕发生了什么事情。"大家看见她们便都放心，仁民欣慰地这样对佩珠，他又问："你们在路上遇见什么吗？"

"连鬼影也没有看见！我们一路上非常安全！"佩珠回答说，碧就把那一大包东西放在慧的床上。

大门给关闭了，他们又把杠杆架上，还留了贤在门边看守着。在慧的寝室里在一种紧张的情绪下面会议开始进行着，每个人轮流地低声谈话，话语很简单，但很扼要，没有谁发表一句多余的话。这样仔细地谈了两点多钟，他们决定了几个办法，几个战略，几个进行的步骤，……

会议一结束，陈清就先走了。克接着也走了。他在这境里是很危险的，旅部老早就想把他去掉。所以他们派他到另一个小城去，报告这次的事变，并且求那边朋友们的帮助。

亚丹回到学校里，影到妇女协会，他们的危险性比较少一点，而且在那里还有工作等他们去做。贤跟着亚丹走了。

慧听说佩珠他们还没有吃晚饭，就拿出了一筒饼干，又烧了一点茶给他们喝。大家谈了许多话，敏一个人说得最少，却吃得最多，喝得最多，好像他的心里很平静，没有一点事情。然而他那脸却又是很阴沈的。

“敏，”佩珠觉察出来这情形，就唤着敏说：“你心里好像有什么事情，你疲倦吗？”她关心敏，因为她知道一件事情在苦恼他。

“没有什么，”他急急辩解说。他微微一笑，但这笑容在别人的眼里看来是有些悲惨的。他站起来说：“我要走了。”他却不预备走，他留恋地看着屋里的几个人。

“我也回去！”仁民站起来说。

“不行，你不能回到志元那里！”佩珠抢着阻止他说。

“但是那里还有些东西，”仁民迟疑地说。

“仁民，你的东西我去替你拿。你到佩珠那里去睡，那里比较安全些。”敏连忙接口说，好像他就害怕仁民要到他家里去。众人不知道这是什么缘故，但也不大留心这事情。他说的倒是真话，佩珠那里是个比较安全的地方。林舍的已故的丈夫在这城里有着一点好声名，又有一点钱，甚至和旅部里的人也没有恶感。

“敏的话不错，仁民，你就到我家里去睡。你的东西我明天去拿。敏也不应该到你那里去!”佩珠接着说。“你在这里我们应该担保你安全。将来情形十分紧急时，我们就让你先走。”

“让我走，你们呢？难道我怕死？我就不能和你们共患难?”仁民热烈的争辩说，他觉得他不能够离开他们。

“我们为什么要你死呢？在那边他们很需要你。”慧把她的细眉微微一皱，慢慢地叹了一口气，带了关心地说过后就低声唱起来：

我知道我活着的时候不会多了，

我就应该活它一个痛快。

“慧，你又唱这首歌，”佩珠在旁边抱怨说。

慧在房里走了几步，她望着佩珠回答说：“我仿佛看见死一步一步地走近了。说不定我们明天就不能够再见面。”她说到这里就淡淡地一笑。

“不会的，不会的！我不相信，我们还没有做出事情来，”碧坚定地说，她的小眼睛里冒出火，她的面容是很庄严的。

“我们走罢。”佩珠对仁民说，她看见敏远留在这里使唤着敏道：“敏，我们一道走。”她在桌上拿了一只手电筒。敏正预备走了，他忽然注意到桌上还有一只电筒：就去拿了在手里，对着慧说：“这个给我！”

慧点了点头，但过后又猛省般地问道：“你平常不是不肯用电筒吗？”

“这一次我要破例了，”敏微笑地回答着。自从德死去以后敏就不曾用过电筒。德牺牲性命救了他。那晚上他失掉了一只电筒以后，德也不曾活着回来。他每一次看见电筒便想起那个死友，所以他不肯再用它。这事情他的朋友们都知道。

慧不再说话了。

她痴呆似地看着敏的脸，她的脸上渐渐地堆满了疑云，那两只光亮的眼睛黯淡了。

敏似乎不曾注意到这个，他掉转身子跟着佩珠和仁民往外面走了。等他跨出了门限，走下石阶到了街心时，慧忽然开了门跑出来唤他。

“敏，你不要走！你就在这里睡罢。我有话和你说!”

敏把电筒一按，用电光去照亮慧的脸，那脸依旧是丰腴的给浓发掩了右边的脸颊，那眼睛里有泪光在闪耀。他迟疑了一下，他觉得心跳动得很厉害，他想跑过去捧着那脸颊狂吻，但马上他就镇定了自己，急急用一种冷淡的，几乎是粗鲁的声音说：“不，我走了。明天见!”他灭了电光，让慧消失在黑暗里去了，他仿佛听见她闭门的声音。

他没有一点留恋地走了。在他的眼前忽然现了那死友德的鹰脸一般的面庞，同时一个粗暴的声音响起来：“敏，你走!”他的眼睛开始润湿了。

佩珠看见敏许久不说话，又知道他们快要和他分手了，就唤住敏说：“敏，你不该瞒我们，我知道你已经下了决心了。”她知道敏的心就仿佛看见了它一般。而且敏今晚上的举动并没有一件逃过了她的眼睛。

敏不说话，却只顾埋着头走，好像没有听见她的话。仁民接着也唤他一声，他也不回答。

很快地他们走到了两条巷子的交叉处，敏应该往西去了。在这里也是很静寂的，除了他们三个，便没有别的行人。

佩珠站住了，往四周一看，低声说：“敏，你就这样和我们分别吗?”她伸出手给他。

敏热烈地一把握住了她的手，感激似地说：“你们原谅我。……我真正不愿意离开你们。”他的眼泪却滴到了佩珠的手腕上。

“为什么要原谅？就说祝福罢！……你看我是了解你的。”佩珠微笑地亲切地说着，她慢慢儿把手腕放到自己的嘴唇上去。

敏又和仁民握了下手，口里说：“不要紧，我们明天还可以见面的。”他决然地摔了仁民的手往西边的巷子里去了。

佩珠还立在路口痴痴地望着他的逐渐消失在阴暗里的黑影。她心里苦痛地叫着：“他哭了。”

仁民看见她这样站着，便走近她的身边，把一只手伸去接住她的腰，亲密地低声在她的耳边唤道：“佩珠，我们走罢。”

她不答话，却默默地跟他走着，把身子紧紧偎在他的怀里。过了好一会儿她才叹息地说：“敏快要离开我们了。”

仁民一手接着佩珠，一手拿着电筒照耀那道路，他跟着她慢慢下着脚步走。他把头俯在她的肩上，温柔地在她耳边说：“佩珠，不要悲痛，我是不会离开你的。”

佩珠默默地走着，过了半晌，忽然自语似地说：“许多青年到我们里面来，但很快地就交出生命走了。敏说过他不是一个吝啬的人。”她的声音颤动着，那里面充满了悲痛。

她的悲痛传染到了仁民的心上，他爱怜地紧紧搂着她。好像这偎倚可以给他们把那悲痛扫除掉。

“佩珠，不要想那些事情了。明天的太阳一定会照常升起来的。在那时候以前我们就不可以谈点别的事情，个人的事情?”仁民的温柔的声音在她的耳边响起来，她的心不觉微微地被打动了。

她还没有答话，他就继续说下去：“你在这里一点也没有想到爱情上面吗?”

“你为什么问这个?”她低低地问道，她觉得她的身子在他的怀里发起热来。

“因为我很关心你，”仁民的声音战抖着，他差不多要吻到她的脸颊了。“因为我愿意你过得幸福。你还记得我对明说的那一段话吗?”

“那么你就看不出来我在爱你?”佩珠觉得发起热快要热到溶化的程度了，就忍耐不住迸出这句话来。

仁民温和地笑了：“我想我是看得出来的。我是等着这一天到来的。”

“那么你来这里时就带了这心思?”喜悦使佩珠忘了黑暗，忘了悲痛，忘了周围的一切。她满意地笑着问道。

“这全是偶然。我自己也不知道。在S地时我们本有机会相爱。但那时候我刚刚埋葬了爱情，我甚至憎恨它。”仁民直率地回答说，他仿佛看见那些事情都向着他远远地退去了。佩珠的美丽的脸遮住了一切，那脸上有一对大眼睛闪耀着，就像两颗明星。“我到了这里，是你把我的爱情鼓舞起来，你点燃我的激情。我可以没有一点惭愧地对你说，‘我爱你’……”他忽然换了语调用更低的声音求说：“给我一个吻。”

佩珠把脸掉向他，热烈地说：“为什么我还要吝惜我的嘴唇？也许明天我就会离开这个世界，离开你！”说罢她便把嘴伸上去迎接他的俯下来的嘴。两个身子合在一块儿，没有动，电筒的光亮灭了。

“不会的，你的轮值不会来得这样早。”仁民梦呓似地说话。

“这轮值是不会有什么早迟的。假使我明天就死去呢？”佩珠梦呓似地回答。

“我会在心里记念着你，我会哭你。我会更努力继续你的工作，”他感动地说，热情在他的身体内充满了。

“仁民，我没有一点留恋，我没有一点惧怕，我可以受一切的打击。也许明天这世界就会全沈沦在黑暗里，但我的信仰是不会动摇的。……抱紧我，抱紧我，”她愈说下去，她的声音变得更低微，“过一会儿我们就会离开了。就在这时候，这时候，……你的嘴唇，……你的手，……它们是那么有力的，……那么有力的，……我不怕……我有信仰……给我吻……”她含糊地说着，慢慢儿，慢慢儿她的声音便低到没有了。

“不要说话，静静的……呵，你的眼睛，你的嘴唇……”仁民低声说着便把嘴唇压下去，用力吸吮着，两只手把她的身子抱得更紧，他也很清楚地感到她的回抱。幸福包围了这两个人。但是渐渐地那激情在消退了。

静寂的夜里忽然起了一个响声，电筒从仁民的手里落了下来，但落在石板缝里生着的青草间，响声并不大。两个人好像从一个甜蜜的梦里醒了过来。仁民慢慢地松了手抬起头，望着佩珠微微一笑，他看见她的大眼睛发亮着，那里面有东西在流动。

“你哭了，佩珠，”他温和地说，“为什么要哭？爱并不是罪过。”

“这并不是哭，我很快活，”她拭着眼睛回答说。“幸福来的时候也会使人流眼泪。……你看满天的星光，夜是多么美丽，多么柔和。……”

仁民俯下身子去拾电筒。佩珠却出神地望着天空。天空突然显得更大了，就像无涯的大海，就像一张覆盖着一切的天幕，那么平静，没有一点皱纹，全是一样深的蓝色，许多星子挂在上面，就像那无数的眼睛。忽然一线光亮往西边移动，是一颗星往西边落，很快地便落下天际不见了。她仿佛听见吹哨似的声音。她不禁惊讶地低低叫起来。

仁民刚拾了电筒起来，便吃惊地问：“什么事情？”他把一只手搭在她的肩上。

“一颗流星，落下去了！”说着，仿佛还有金光在她的眼前幌动。

“一个星球毁灭了，”他望着天空惋惜地说。“那也是生命。佩珠，你不害怕吗？”

“在这地球上每天都有生命在毁灭。我也可以伸出手去毁灭一个生命。在那时候我的手是不会战抖的。仁民，你相不相信？”她说着把一只手放在他的眼前一幌。

他抓住这只手放在嘴边一吻，感动地说：“我相信你。你会那样，我也会。在必需的时候，我们什么都可以做。”

“我们走罢，时候太晚了，”佩珠缩回那只手，把仁民的膀子挽住，慢慢地往前面走了。

“佩珠，你真相信那打击明天就会到来吗？”仁民一面走，一面用电筒照耀道路，他忽然想起一件事情便问道。

“也许没有这么快，但我想决不会久。你为什么不回S地去？我们不该留你在这里。你一点也不后悔吗？”

“为什么后悔？你不看见和你们在一起我过得多么快活？”他放低了声音，温柔地说：“尤其是在你的身边。”他又禁不住吻了吻她的柔发。

“今晚上我们真正疯了！倘使他们来看见我们刚才的情形，他们不知道要说什么话！”佩珠忽然抿了嘴低声笑起来。

“这环境很容易使人疯狂，”仁民平静地回答。“但是你记住：对于我们，明天也许一切都不会存在了。”他没有一点恐怖，就像在转述别人的话。

七

陈清晚上到那个在旅部办事的朋友家里去了两次，第二次才看见了他。那是一个姓林的忠厚的中年人，是陈清小学时代和中学时代的同学，陈清只在中学里读过一年书，就进了机械厂做学徒。林做着小官，但他对陈清的思想却也很了解。

“这事情没有一点办法可想。我也料不到这么快!”林忧郁地说，他沈吟地把手托着他的下颔。

“他们的生命大概不会有什么危险罢，”陈清怀了一线的希望问道。

“这我就不能够保险了。前天报纸上的那篇社论把旅长得罪了，大概是那篇文章闯的祸。”林依旧沈吟地说下去。“不过我想另外还有原因。听说旅部××处里面近来有一个姓王的新职员很活动，他从前和你们的朋友也有过往来……据说他也在报馆里面做过编辑。你想想看，有没有这个人?”

陈清一想，他便记来了。那个人叫做王能，他的确在报馆里做过编辑，他和他们常常来往，屡次表示过要加入他们的团体，那人似乎是个好人，不过喜欢打扮自己，就因为这一点他们不大满意他，但他们对他很好，把他当作一个朋友。最近一个多月前他辞职走了。他们偶尔在街上遇见过他。谁也不知道他在旅部里面做事情。

“不错！有这个人！我记得他。他和我们做过朋友！”陈清想到这里不觉气愤地嚷起来。

“对了。你想事情还有什么希望呢？你们要谨防他使那一网打尽的毒计！”林替他们担心起来，他也很气愤，把一张肥肥的圆脸也挣红了。“我常说你们里面混得有侦探，你们总不肯相信。要知道那般口里说得甜蜜的人常常是不可靠的。我平日不敢多和你们往来，就是这个缘故。”

“你应该给我们想个办法！我们不能够就让那两个人死。他们真正是极好的人。我宁愿牺牲，就让他们把我抓去都可以。”一阵感情突然来压倒了陈清。他不能够镇静了。他想到雄和志元，那两个人平日的种种行为便夸张地在他的脑里浮现出来。同时又好像有谁在他的耳边低声说：“失掉了，这一切都永远地失掉了。”那悲哀使他忘了自己。他含了眼泪地向林哀求着。

“我知道，我很明白你们都是最好的人。只有你们是最好的人。但是我只能够眼睁睁看见你们受折磨，我躲在一边。你想我就没有血，没有肉，没有良心吗？我总要尽我的力量给你们帮忙。但是这一次事情恐怕没有希望了！”林诚恳地说，他没有流泪，但他的声音却变成苦涩的了。他说的不是假话。他认识那些人，他就佩服那些人。

陈清不说话。林站起来把两只手交叉地放在背后，埋着头在房里踱着。他忽然掉过头坚决地对陈清说：“我明天下午给你一个确实的回信。”歇了歇他又接着说：“你们都应该当心，事情很紧急。像现在这样的局面下，白白的牺牲也没有好处。”他现了十分关心的样子。

他们继续谈了好些话。陈清离开的时候，夜已很深了。他来不及去把这消息告诉别的人。他回到了会所，看见妇女协会那边还有光亮，影和惠群都没有睡，在那里忙着清理东西，屋角里地上堆了一大堆纸灰，他把那消息告诉了她们。

第二天大清早，陈清就到慧那里去。他走进马路，那地方已经很热闹了。许多菜担子拥挤在路中间，一些人围了它们吵闹着。几辆黄包车拉了学生和行李在人丛中慢慢走过。他经过一个干鱼铺的门前，那臭味直往他的鼻里送。他连忙掩了掩鼻子急急走过去，无意间把脚踏了在扁担上，给绳子一绊，几乎跌了一交。等他站定身子时，汽车的喇叭声在远处响了。人丛中马上就起了一个骚动，大家争着让路，卖菜的挑起担子向步道上跑。

汽车来了，是旅部的大汽车，许多兵拥挤地坐在那上面，在他们中间露了两个没有戴帽的头颅。汽车经过这段马路时走得很慢，陈清有机会看清楚了车里的那两个头，他的眼光被他们摄去了。他痴呆地望着。那瘦脸没有血，一边脸颊浮肿起来，但表情却很坚定，这分明是雄的脸，那方脸，红眼睛，阔嘴里哼着日本话的革命歌，这分明是志元的脸，虽然那上面增加了几处紫色的迹印。他想唤他们。但那心里的呼声他们是不能够听见的。他们没有看见他，就被汽车载走了。虽然说是汽车走得慢，但也不过是一瞬间的事情。于是两个熟识的脸便在陈清的眼前消灭了。汽车的喇叭声一秒钟一秒钟低下去，马路上的人却重新聚合起来，恢复了从前的景象。几乎使陈清疑惑这会面只是一个幻景。

“又要去打靶！”一个卖菜的人惊讶地自语说。

“一定是昨天抓去的那两个人。又多了两个冤鬼！”买菜的人说。

“两个读书人，好好地为什么要捉去打靶；看他们的相貌决不像坏人！”一个商店伙计接着说。

“这世界要疯狂了！好人都不能够好死！”一个小书铺伙计气愤地说。

“你不怕给人听见？街上到处都有兵。”一个老头儿衔了一根纸烟，走过来劝告刚才说话的那个伙计。

这些话语沈重地击在陈清的心上。他痴呆似地站在那几个人的旁边，眼睛模糊地望着街中的人群，他不曾注意到一个人走到了他的面前。

“陈清，”那人轻轻触动他的膀子，他吃惊地一看，知道了那是敏，就低声问道：“你看见了吗？”

敏默默地点了点头，他的脸色很难看，好像有许多片黑云堆在那上面。

“完结了！”陈清叹息地说，他和敏慢慢儿在马路上走着，转一个弯就进了一条窄巷子。

“你想我怎么能够忍心去告诉碧！她和雄同居只有两个多月！”陈清悲痛地说着，他的眼泪就沿着脸颊流了下来。

“我想碧是能够忍受的，她已经预备把雄交出去了。她昨天没有流一滴眼泪，”敏极力做出冷淡的声音说。他时时回头去看后面。

“那是血，那是血。”陈清抓住敏的手膀，苦恼地说：“她流的是血。”

“你要当心，今天街上恐怕会有不少的……”敏忽然严肃地在陈清的耳边说，他叫陈清不要激动地多说话。其实他并没有得着关于侦探的确实的消息。

陈清果然住了嘴，留神地把眼睛向四面望，看见没有人跟随他们，他又放心地走了。但心里的激动依旧是很大的。刚才看见的两个朋友的脸还在绞他的脑筋。

“敏，你听见那些人的话吗？他们多少有点同情我们。”陈清声音战抖地说。“他们不是白死吗。”后面说的他们自然是指雄和志元。

“你不要太乐观了，”敏冷冷地说，其实这冷淡是表面上的。他的脸上就隐约地现露出来那极力捺住的苦痛的挣扎的痕迹。“我问你：我们有多少人来死？”

“多少人？那无数……”陈清说到这里马上就闭了嘴，他听见前面起了脚步声，他们埋了头安静地走着。等那个人走过他们的身边。那是一个工人，赤着脚很快地就走过了。

“那许许多多的人会了解我们，加入我们里面来，你不记那天的景象？那么多的诚实的面孔……”陈清带了单纯的信仰感动地说话。“我从没有失掉过信仰，我就靠信仰生活。我永远是乐观的。”

“陈清，你还记起德吗！”敏忽然苦恼地问起来，这时候他们正走过一个大院子，院子没有了大门，天井里丛生着茂盛的青草，是那么高，而且掩没了中间的过道。破烂的门静静地掩住了里面的一切。

陈清听着一个“德”字，他再看那院子，他就明白了。这是一所著名的凶宅，许多年来就没有人敢进去居住，就在这个地方，兵士们枪毙了德。那时候另一个势力统治着这城市，如今是那旅长来了，没有大的改变。德似乎就用这个来攻击陈清的乐观的信仰。但是他把那时候他们的情形和现在一比较，他的乐观反而坚强了。他就坚定地回道：

“德，我们不会忘掉他，你看，我们已经有很多的进步了。”

“然而我们今天又失掉了雄和志元。”……敏苦恼地回答，歇了歇他忽然抓起陈清的手膀，激动地说：“你想像看，就在这时候他们两个人在山岩上，对着枪孔，等候那一排枪弹射过来，下面就是无底的深渊，他们一瞬间就会葬身在那里面。他们眼睁睁看着那死一步一步走过来。你想像看，他们这时候的心情，……那血，我的眼睛里全是血。”他的手在陈清的膀子上面不住地抖动着。

陈清不能够回答，好像给什么东西阻塞了他的咽喉，他捏紧了拳头挣扎着，过了许久，才说出一句短短的话：“我们快走罢。”

“我不去了！”敏忽然生气似地掷开了陈清的手膀，就要往回头的路上走。

“我们就要到了，你跟我走了这么久，现在却说不去了？”陈清惊讶地看着敏，不了解这个人的举动。但敏的脸阴沈着，从那上面透不出一点消息来。于是敏掉转身走了，也不再说什么话。走得很快，好像害怕陈清追上去一般。

陈清只得一个人默默地往前面走了。现在剩了不多的路，他急急地走完它，到了慧的家。

“有什么消息吗？”慧看见陈清就问，她和碧正在房间里低声谈话。

“我在南大街上看见汽车装了他们去，”陈清苦痛地回答着，他就低下头，他不敢看那两个女郎的脸。

“真的！”碧跳起来走到陈清的面前追逼似地问，她好像一定要看清楚他的脸。

“这时候已经完结了，敏也看见的，”陈清用叹息似的声音回答。

“他们看见你吗？”

“他们的汽车很快就过去了，我就要给他们做一个记号也不行。但他们的相貌是很勇敢的。”

“昨晚上不知道他们是怎样度过的。你看见他们脸上有没有伤痕，想来一定受过了拷打。”慧关心地继续说。她的脸色似乎是平静的，然而却渐渐地在变化了。

“没有，他们的脸和平常一样，都带着微笑。”陈清说着又把头低下来，他自己也明白他说的是假话，他在欺骗她们。那浮肿的脸颊，那紫色的迹印，就像烧红了的炭，摆在他的眼前，把他的眼睛烧得痛了。

一道光亮在碧的脸上掠过去。慧在房里踱着，她接连地说：“我知道他们会这样，他们会这样！”

“你骗我，你骗我！”碧已经在一把椅子上坐下了，忽然又站起来，把她的锋利的眼光投到陈清的三角脸上去，苦痛地责备他说："我知道他们一定受过了拷打！"

陈清抬起头来，用苦痛的眼光回看她，一面说"碧，这不是一样的吗？现在他们已经和我们隔了一个世界了。"

"我不相信生命会毁灭得这样快！我简直想像不到他们会死！"慧说着，她仿佛看见那两个熟识的脸在望着她笑。

碧把嘴唇皮用力咬着，脸上现了一阵痛苦的拘挛，她站在陈清的面前，眼睛冒出火来烧他的脸，那相貌是很可怕的，她忽然伸一只手去抓她的往后面披的头发，把它们弄成了蓬松的一大堆，她绝望地说："迟了！我做事太慢了。"这声音就像一只受伤的野兽的哀号。她记起了在一百三四十年前法国山岳党人德木南被判死刑的时候，她的年青的妻子露西也曾在街上煽动群众来去救她的丈夫，结果是两夫妇都死在断头机上。然而现在是太迟了。她走到床前，倒下去，把双手蒙了脸。

"碧，"慧看见这样，就爱怜地叫了一声，也跑过去俯在床上去安慰她。

"慧，让我静一会儿，你去和陈清谈话，让我静一会儿。"碧把脸压在叠好的被头上，挥着一只手去阻止慧。慧应了一声，就站起到桌子前面空着的椅子上坐了。

陈清背靠了桌子站着，他惊愕地望着碧。

"不要紧，碧过一会就会好的，我们谈正经话罢。"

慧指着他旁边靠墙壁的一个方凳，要他坐下去。

“我见过林了，事情是很严重的，我们里面果然有侦探混了进来，”陈清一坐下就严肃地说。

碧听见这话，立刻从床上起来，端了一个凳子在他们中间坐了，注意地听陈清说话。她的眼睛里没有眼泪，她的面容是很平静的，好像没有受过什么打击，使得陈清也禁不住要惊讶地看她几眼。过后他就把王能的事情说了出来。

“敏的地方很危险，他应该马上搬家！他生长在这里，知道他的人多，”慧关心地说。

“我刚才见过他了，他这几天的举动真有些奇怪，他陪我走了许久，快要走到这里，他却忽然转身回去了。他说有事情。”陈清想到敏，就仿佛看见了敏的阴沈的脸。他随便记起敏近来的一些话和一些举动，他觉得这些他都不能够了解。

“他近来很激动，这也不怪他，近来我们遇着的打击太多了。这环境很容易使人烦躁，”慧忧郁地解释说。她却暗暗在想敏究竟有什么事情，为什么快到了她家忽然又转身回去。

这时候仁民和佩珠来了，接着贤和亚丹也来了。亚丹手里拿了一包干鱼。

“我们给人跟着了，”贤张开突出嘴唇惊惶地说，使得众人都屏息了呼吸地听他说话。他扑过去抓住了佩珠的膀子。

“一只狗跟着我们咬。”亚丹半镇静地叙述道。“我起先还不觉得。我和贤从学校出来，后面似乎没有人，我们也并不注意。大街上人很不少，步道前面砖砌的柱子上就贴着枪毙雄和志元的布告，像是刚贴出来，每一处都有许多人围着，一面看一面读出来。贤差不多要哭出来了。我催了他几次他才肯走。我们走不到多久，就觉得后面的脚步声有些不对。我略略掉过头一看，一个穿学生服的中年人跟在我们的后面。他的面孔，我似乎在什么地方看见过，他那一对狡猾的眼睛直望着我们。我知道我们被人跟着。我就暗暗把贤的膀子一触，给他递了一个眼色。他也明白了。我们再试验一次。我们把脚步放慢一点，那人也跟着走慢了。我们随后走快一点，后面的脚步也快了，我有一点惊慌，但我在想一个办法。我就叫贤先走，他果然转弯走了。那个人却跟着我不放。我就故意跑进那干鱼铺去买鱼，一面偷眼看他怎样，他却站在门前等着我，这笨东西。我又不敢耽搁，怕他去再找了别人来。我匆忙地买好了鱼，拿在手里，又是笑，又是气。我已经想好了另一个办法，我看见斜对角有大群人围着看布告，就挤进去，站了片刻，埋下头，溜到步道上去，穿过一个两面开门的店铺，急急走进旁边一条巷子，看见他没有跟上来，他好像还在大街上张望。我就大步走着，再转一个弯，看见没有人，就拼命走快，和跑步差不多。我逃脱了这东西，心里真痛快，在这条街口上我才遇见了贤。”他愈说，愈激动，不时地嘘气，就脱了那灰布长衫，往床上一掷。他说到最后就带了笑容指着桌上的那包干鱼说：“这就是这包干鱼的来源。”他又恨恨地接下去：“可惜是在白天，倘使在夜晚，我一定要把这包干鱼对着他的脸掷去，让他吃点苦头！”

他的这一番话使这房间里的空气变得很紧张了，众人都激动地注意听着。

“那么，你不要再出去了，”佩珠接着对亚丹说，“等一会你再遇见那个人，他就不会把你放走。”

“不要紧。我不怕。和他斗斗法倒很有趣。只要他再灵活一点，我恐怕也难逃掉。”亚丹兴奋地回答着，他的眼前还留着刚才的那一幕景象。

“你们在街上没有遇见什么吗？”陈清忽然想到这事情就问佩珠。

“没有，我们很留心的。”佩珠确定地回答，的确这早晨她们在路上很是小心，但是她却忘记了昨天晚上回家时的情形。

“那么这地方还是安全的，”陈清宽心地说。

“亚丹，你看见敏吗？他到学校去过没有？”慧又想到敏，她就焦急地问，她这时候很替敏担心。

“没有到学校来，我想他应该到过这里来了，”亚丹回答着，他的心跳得很厉害。他仿佛看见敏在那房间里，站在一个方凳上，取开东边墙壁上的砖块，露出一个洞，从洞里取出了一个黑色的东西。

“他今天还没来过，陈清遇见过他。不知道他现在到什么地方去了。我们应该设法通知他，叫他搬家！”亚丹焦虑地说。“而且他在街上乱跑，更危险。等一会我去看他。”他很替敏担心。接着就把陈清说过的王能的事情重说了一遍。

“没有用，他决不会在家里，他一定会自己当心的，他也许到城外，去帮忙云去了，”佩珠这样解释说，其实她知道敏不会去城外。她想敏一定是去干那件事情，但她没有确实的证据，而且敏也没有明白地向她承认过。她不愿意再提那件事情，她知道提说并没有用处。敏已经不预备听理智的话了。仁民和亚丹也知道了这点。

“我们昨晚只睡了三个钟头，我们把文件通统整理好了，佩珠，你那里的一部分怎样?”沈默了许久的碧开口了。

“都藏好了，我敢说无论谁都不会找出来。”佩珠坚定地回答说。

“我想到城外去，”碧提出了这个问趣，“我们应该在这方面努力。假如我们早在这方面有了充分的准备，现在决不会像这样束手无策。”看她的神情，她的意思似乎是很坚决的。

“我也去！”慧接着说。

“慧你不能去，城里也需要人，”亚丹阻止说，他接着就报告一件事情；“已经有几组学生出发到那里去了，又有云在那里，人数不算少。”

“慧不能够去！对于碧我们不能够阻止她；她住在城里，给她的刺激太大了。”佩珠这样发表她的意见。

“那么把敏派到城外去，”慧提议道。“他在城外，倒更适宜一点。”

“也好，他这几天在城里受的刺激太多了。他再住下去，我看他会发狂的。”陈清确实相信这是安置敏的最好的办法。

“他恐怕不会去！”亚丹担心地说。

“不会去！他没有理由可以反对，”陈清坚决地说。

“事情常常是出人意外的，”佩珠低声说，她似乎不愿意表示她比别人多知道一点。

“我想仁民还是马上回S地好，他在这里我很替他担心，”亚丹恳切的提议说。他把友爱的眼光看到仁民的脸上。

“我早就说过，他不应该在这里陪我们冒危险，”陈清接口说。

仁民微微一笑，用亲切的眼光回答亚丹的注视，他温和地说：“为什么你们都替我担心？你们的生命不是一样地可贵吗？我没有勇气在这时候离开你们。……佩珠，你说怎样？”他走到佩珠的身边把一只手搭在她的肩上温柔地问，佩珠掉过头看他一眼温和地说：“你愿意留在这里，就留下罢。”

“但是他为什么要跟着我们牺牲？这是不必要的！”亚丹坚决地反对道。“佩珠，你也看不出来这关系？”

“亚丹，你不要说牺牲。你不知道在这世界上每天都有生命在迅速毁灭吗？但也有些生命是不能够被毁灭的。我们为什么害怕？其实我比你们更关心他。”佩珠依旧温和地说话。她的脸上被一层光辉笼罩着，那一对大眼睛透过那光亮，温柔地看着亚丹的长脸。

“我知道，你爱他，你爱他！”亚丹禁不住粗暴地嚷出来，他以为他发见了一件事情。大家把眼光都集中在佩珠和仁民的脸上。那些眼光里所包含的，除了惊讶外，就是无限的善意。

佩珠并不红脸，她完全没有受窘的样子。她的脸上依旧带着微笑。她用平静的眼光依次回答众人的注视，她平静地温和地回答说：“爱并不是一件罪过，也不是一件可羞耻的事情。我爱他，他爱我。这样两个人的心会更快乐一点。也许我们明天就全会同归于尽，今天你就不许我们过活得更幸福一点吗？这爱情只会增加我的勇气的。”她说到这里就侧过头望着仁民微微一笑，伸一只手过去抚摩他的手，却给他的手握住了。

“我不是责备你，我不过指出一件事实。固然也有人为了恋爱放弃工作，但我决不敢拿这来责备你们。”

亚丹听了佩珠的这番话，不觉惭愧地红了脸着急地辩解说。

“亚丹，你用不着辩解。我决不会生你的气。”佩珠温和地安慰他。

“我可以说，我决不会妨碍佩珠的工作。我愿意尽力帮忙她，其实这也是我自己的事情。我希望大家相信我。”仁民感动地用战抖的声音说话。他注意地轮流看着众人的嘴唇，似乎渴望着他们的回答。

“那么让我来祝贺你罢，我这个被称为恋爱至上主义者的女子，”慧开玩笑似地走到仁民的面前伸了手给了他。

“然而我并不是一个恋爱至上主义者，我不是你的同志，”仁民笑着回答说，就伸了手把慧的手紧紧握着。

“那绰号是德给她起的，德最不高兴人家讲恋爱，”碧在旁边解释说。

“德已经死了三年了，”听见碧提起德，慧就把笑容收敛起来，她禁不住要想到那个鹰脸，那两只鹰眼睛，那一对铁一般的手腕，和那一颗炭一般的心。她和德曾发生过一点关系，但这事情就只有她和德两个人知道，但是德已经为了信仰把生命牺牲了。

“我们再不会有着像德那样的见解了。仁民，你不要误会。我们都希望着你们过得幸福，”陈清诚恳地说，他的三角脸给友情涂上了一道光彩。在仁民的眼睛里那脸变成了非常可爱的东西。幸福的感觉胀着他的心。他觉得他们拿了祝福包围着他和佩珠。每一个人都分了些爱，分了些同情给他们两个。他的感动使他同时想哭又想笑。

“佩珠，我真高兴，”贤扯着佩珠的一只膀子把头偎在那上面，他的小眼睛里却包了一腔眼泪。

“贤，你怎样了？你到底是在哭还是在笑？”佩珠亲切地俯了头看下去问他。

“我们的生活原是这样，一会儿哭一会儿又要笑的，”慧声音朗朗地说。

“我要走了。别的事，等克的信来了时再决定罢，”陈清还有许多事情，他要先走。

“吃了饭再走罢。”慧挽留说。“就是明天要去死今天也应该把两顿饭吃饱。”

“我回到会里吃。”陈清短短地说罢，就告辞走了。

“碧，我们做饭罢，”慧送陈清出去，关好门进来，就唤着碧说：“吃饱饭，大家都还有许多事情要做！而且你还要出城去。”

八

亚丹晚上疲倦地回到学校里，这一天是星期日，寝室里吵闹着，他燃了煤油灯独坐在房间里面，那些平日常到他房里来的学生都到城外去了。他想写一封信，正提起笔他无意间把眼光落到了东边墙壁上面，黯淡的灯光把他的上半身的黑影照在那里，在他的头上有几块松动的砖微微突了出来。他一看见这些砖块他就把笔放下了，他默默地望着墙壁，好像想看穿它，看见它后面的东西。

他忽然站起来端了凳子到那墙边，站到上面去，伸手去移动砖块，砖块去了，就现出一个洞穴来，他伸了手进去，过一会又把手伸出来，手里依旧是空空的，只黏了点尘埃。

“我快疯了。我知道那里面是空的。还要去看。”他这样想着，就把砖块放回了原处。他不再预备去写信。他下了凳子就在房间里踱起来。

“怎么我今天这样烦躁？”他这样自语着，他在想一些事情，但这些全都混在一起，他把它们分不开来。思想似乎是迟钝了。一个“敏”字时时来搅扰他的脑筋。渐渐地在黯淡的灯光下面，那墙壁上又露出一个洞穴来，里面就现着那东西，敏正在伸手去取它。但一瞬间这幻景就马上消灭了。

“不行的，不行的！不能够让他去做那事情！没有好处，只会牺牲他自己！”他禁不住要这样地想，他就仿佛看见了敏的躺在血泊里的尸体。他苦痛地伸手去抓他的头发，低低地自语说：“不行。我去阻止他！”他想这时候敏一定在家，他应该去说服他，把那东西拿回来放在另一个地方。他觉得这是很有把握的。这一想他的头脑就发了热，血也在他的身体内沸腾起来，他再要安静下去，没有效果。他继续烦躁地在房里踱着。

宿舍里慢慢地全都静寂了，大部分的学生已经进了睡乡。黑暗穿过新近破烂的窗纸窥进来，煤油灯光似乎渐渐地黯淡下去，房间里充满了寂寞，就像是一个坟墓。他的身子很疲倦，也似乎应该睡了。但是他的头脑被迟钝的思想绞着痛，他的心跳动得很厉害。他不能够睡，他不能够做任何事情。忽然在不远处吹起了军号。

“我一定去阻止他，这时候还来得及！”这思想像一股电光射进了他的头脑。他匆忙地抓起堆在床上的那件长衫，披在身上，就吹灭了灯走出门来，一面走一面扣长衫的钮扣。他经过教务处的门前，看见那里面有灯光，舜民埋着头在那里写字。他也不去唤舜民就急急往外面走了。他的运动鞋的声音也不曾被舜民听见。

在路上他走得很快。他没有电筒，也不拿火把。他的眼睛比较习惯了在黑暗里看东西，天空中又有星光给他照亮道路。没有人在后面跟他。但他也不曾留心过这事情。在他的耳边常常起了狗叫声，但那是从远处来的，而且不久就消灭了。他到了敏的家。

他敲着门，没有应声，他把拳头在门上擂了几下。里面就有了回应。接着门开了一扇，现出一个熟识的脸的轮廓，没有灯光。

“敏在家吗。”他急急问道。

“敏没有回来，我还把你当作了敏。”那个女孩子含糊地说。

“好，你去睡罢。我有钥匙，我在房里等他。”他命令似地说了，就走进里面去，让她关了门。

院子里面的路他是很熟习的，他走不到几步就摸索到了敏住的那间厢房，开了锁进去。他又在桌上摸着了火柴把煤油灯燃起来。

房间里非常凌乱，一些破旧的书报躺在床上和地上，角落里积了一大堆烧过的纸灰。床头的藤箱开了口，里面臃肿地堆了些旧衣服。房间里的东西似乎显得比平日少了许多。

他在房里踱了两三转，把地上的书报用脚移到另一个角落里去。他思索着，他的眼睛时时望着那煤油灯光。他忽然跑到桌子前面，把抽屉接连地打开来，那里面并没有重要的东西，他翻了几下，没有得着一点线索。

“敏今晚不会回来了！”他陡然被这个思想刺痛了一下，他几乎要跳起来。失望的苦恼立刻来压迫他。他挣扎似地自己争辩道。“那不可能！他一定会回来！”他在桌子前面站了片刻，伸手去把煤油灯扭得更亮一点。他就继续在房里踱起来。他不住地用探索的眼光去看墙壁，好像他疑心那后面藏得有什么东西。

他把四面的墙壁都看过了，他的脸就没有开展过，两只眉毛依旧深思般地皱起来。他伸手去搔头发，他咬着嘴唇。他忽然带着一股勇气去把床头的箱子抬起来，放到屋中间去。他接连抬了三口。他的脸色开展了。他的眼睛发光地望着墙脚的松动的砖块。他用熟练的手腕去取开它们。他慎重地把一只手伸进洞里去，他拿出了一只白郎宁手枪，和一小包子弹，他再伸手进去摸，那里面再也没有什么东西了。

这发见并不使他高兴，反而给了他一个证据。他绝望地想：“我来迟了。一切都安排好了。”他相信敏一定是去干那事情，那东西一定是被他带去了！对于这差不多没有怀疑的余地了。

他把白郎宁捏在手里，扳开机关看，那里面已经装了子弹，他对着墙壁做了一个要开放的姿势，但马上他微笑一下，就把它放进长衫袋里去。

“他也许很迟才回来！我不能走！我要等他！”他忽然又起了这样的思想，他差不多是拿这思想来安慰他的烦躁的心。他便在桌子前面坐下来，对着灯光望了一下，便拉开窗帷去看窗外。

“这地方真静得很！”他把脸贴在玻璃上低低自语说。外面没有亮，房里的灯光把窗户和他的脸全照在天井里的石板上，微微地动着。“夜是这样柔和，谁也想不到明天会有意外的事情。”他低声叹息地说。

突然他听见一点声音，他就屏息着呼吸地倾听着，接着有人在外面敲门。他宽慰地说：“一定是敏回来了。”他站起来拉上了窗帷，走出去开门。

他还没有走到门口，就辨别出来那敲门声有点不对了。几个人在外面捶着大门，声音很急促，并且发出了粗暴的叫声。他知道那决不是敏。他感到一种恐怖，便转身回到屋里去，马上关上了门。

那捶门声和叫唤声响得更厉害了。他却端坐在桌子前面，就像没有听见一般。他的心跳动得很厉害，神经很紧张，思想又变得迟钝了。他不知道应该怎样做。

于是里面的门响了。他听见那女孩走出来口里说着含糊的抱怨的话，往外面走去。

他马上想：“完了！”就把灯吹灭，自己静静地坐着。那坚硬的白郎宁沈重地压在他的胸膛上。在外面那女孩开了门，却发出哭叫声，接着就像许多人一齐拥进了院子里面来。

“在这里，在这里。”他听见有人用本地话叫着，同时几股电光向他的窗户上射来。他连忙站起，往里面床边躲，一面摸出了袋里的手枪捏在手里，对着门边预备放，这时候他差不多没有思想，他似乎就把一切全放在手枪里面。

脚步声向着他的房门奔腾过来。捶门声，呼唤声同时响着，把他的耳朵快震聋了。

“你再不开，我们就要放枪了！”一个兵用本地话骂起来。

他不回答，紧紧地靠在墙上，用被盖围着身子，两只眼睛死命地向着门那边看。那里并不是完全黑暗的，有光亮从门缝里射进来。

外面吵闹着。仿佛有许多人在说话。房东太太也被吵醒起来了。她用尖锐的声音惊惶地说话。那女孩子在哭，那些兵士在骂。他静静地不放出点声响。

并没有人放枪，但是门抖动得很厉害，他们在用什么东西撞门，连房间也震动起来，仿佛发生了一次地震。

“完结了，那些蜜蜂，那些小学生，都永远地消灭了，”这思想忽然掠过他的头脑，他微微一笑，接着脸上便起了一阵痛楚的拘挛。他仿佛听不见任何声音了。他看见那门向着他的头上打下来。

于是门发出了一声大声，猛然倒了下来，几股电光向着房里乱窜。一些人抢着扑进来。他很快地推开了被褥跳起来，向着那些人就扳动枪机。

他清清楚楚看见那子弹打进了一个兵的头。那个人发出一声哀叫，马上倒了下来。他疯狂地捏着枪对着第二个人预备再放，但是许多颗子弹同时向着他这边飞来，几股电光全向着他这边射。他觉得一阵麻木就倒了下去。他心里知道：中枪了。

“他中枪了！倒了！”那些人高兴地嚷着，就慢慢地用电筒照着路走过来捉他。

他倒在床边，身上中了两枪，左手压在地上，右手拿着白郎宁伸在外面。他的知觉马上恢复了，他知道得很清楚，刚才是怎样地发生了冲突。他知道现在是他完结了。他看见他们走过来捉他。忽然他的眼睛一亮，他看见在那兵士的中间露了一个熟习的脸，这个脸偶然被电光照亮了，那上面带着胜利的笑。“王能，这是他，”他愤怒地嘶声叫着，一股火从心上冒起来，他马上疯狂似地把左手用力在地上一撑，撑起了半个身子，他的右手很快地把枪机一扳，他看见枪弹飞进了那个人的胸膛。他还要再放枪，然而他的身子却倒了下来。

那些人立刻惊惶地跑开了。但看见那里没动静，就重新聚拢来，对着他倒卧的地方接连放了许多枪。

亚丹静静地躺在黑暗里。半睁开眼睛，他全身染了血，但嘴唇上却留着微笑，好像他还睡在他的蜜蜂和他的小学生的中间。

人把他抬了出去。

这时候敏在慧的家里，他刚刚到了那里去。

“敏，这夜深你还在街上跑？你那样不当心！”慧看见敏不禁惊喜地说。

敏还不曾说话慧又接着说："今天你跑到什么地方了？我们到处都找不到你！他们说你到云那里去了。"

慧的面容是很高兴的，她这一天很担心着敏的安全，现在却看见他安然地归来了。

敏把手里的一包东西放在桌上，他指着它对慧说："这东西放在你这里，好吗？"他的面容是很庄严的，上面没有一点笑容。

"你还和我客气？"慧笑起来。

"慧。"他忽然温和地叫了一声，那面容也渐渐地变成温和的了，他用留恋的眼光，痴呆似地望着她，就像不认识她一般。

"敏！"慧惊讶地看他，她从没有听见他这样地唤过她，他也没有这样地看过她，她温和地说："什么事情？你为什么这样地望着我，就像不认识我一般？"她歇了一下又说："你预备去城外罢，大家决定了派你到那里去。"

"城外，"他冷淡地念着这两个字，好像它们和他没有什么关系。慧的面部表情变得更惊讶了，但她还等着他说后面的话。他却把嘴闭了好一会儿，好像有些苦痛的思想在割他的脑筋。

"慧，我问你，你有时候也曾想到死上面去吗？你觉得死的面目是个什么模样？"敏忽然动着嘴说了这问话。他就在慧的对面坐了下来。

"死，我从没有仔细去想过它！你为什么忽然提到这事情?”慧把她的光亮的眼睛探索似地看他的脸，那面容是很平静的，她看不出来这时候是什么东西激动着他的心。

“我觉得死也许完全不可怕。不过我并不愿意离开这世界。死必须来的时候就让它来拿我去罢，”慧说着，她并没有一点惧怕，她要在脑筋里找出一个死的固定的面目，但她却完全不能够。她只看见一些模糊的淡淡的影子。

“有时候我觉得生和死就只离了一步，但有时候我又觉得那一步也难跨过，”敏恳切地说，他的面容很严肃，他仿佛看见在他的面前就立着一道黑暗的门，他应该踏进里面去，但他还不能够知道那里面是什么样的情形，他的心还为这个痛着。

“为什么你会有这奇怪的思想?一个人活着的时候不应该想到死，”慧温和地责备说。她的眼睛爱怜地看着他，就像从前某一个时候那样。“这几天的情形是很容易使人激动的。但是佩珠和仁民相爱了。”她对着他一笑，这笑里含着温情，同时含着焦虑。

一道光亮掠过敏的脸，他低低地说：“那是很好的事情。”他没有一点惊奇，就像那是他意料中的事。

“敏，你近来变得多了?你不像从前那样。”慧关心地说，她的眼睛探索似地望他。她看见他不辩驳却默默地一笑，接着说下去：“我不相信目前这些打击就会使你发生动摇!”这带了点激怒的口气。

敏的脸上现了一阵苦痛的拘挛，他依旧痴痴地望着她，就像听不见她的那些话。他忽然站起来走到慧的身边把一只手压着她肩头哀求似地问：“慧，你会常常记念着我吗？”

慧掉头看他，把一只手伸过去，放在他的那只手上，惊讶地但是感动地问道：“奇怪，你为什么问这话？”

“你给我一个回答罢。你难道连一个回答也不肯给我吗？”他固执地哀求道。

“敏，你不要这样说，我们也曾相爱过！”慧的眼睛里泄露出了爱情。她很温柔地看着他，她对他笑了笑。

“那么你会常常记念着我罢，”敏热烈地追问道。

慧笑着点了点头。

敏突然把两手伸去捧了慧的脸，热烈地甚至粗鲁地在她的嘴唇上接了一个响吻。过后，他缩回了手，口里短短地说了一句：“我走了！”不等慧再说话便急急地往外面走了。

慧惊愕地望着他的背影，不知道应该怎样做，她就像落入了梦里一般。忽然她猛省似地站起来追出去，但他已经开了门跨出门限了。她赶上去唤他。

“敏，你就在这里睡，影今晚不回来，”她说。

他站在石阶下面回头来看她，口里低低地说：“我走了！”就把自己的身子投进黑夜里去了。

慧在门前站了一刻，便进去关了门。她的心渐渐地痛起来。她觉得她现在明白了。

九

早晨十一点钟光景，敏在马路上面闲步着，一只手插在学生服的袋里，捏着那东西。

他很激动，心跳得那么厉害，但他极力做出镇静的样子，他故意时时埋下头来，却又偷偷地去望前后的那些行人。

“他打死了两个人，他自己也死了。”这话语忽然闯进了他的耳朵。他惊讶地抬起头一看，在那步道上砖柱子旁边站着两个学徒在谈话。

“他真厉害！人家打伤了他！他还爬起来开枪杀人！”

“他们说他的名字叫什么敏。年纪青，身材高高的。”

这两个年青人天真地谈着，都带了赞叹的脸色和声调。敏知道他们说的是什么事情。他听见“敏”字，不觉惊讶地看了那学徒一眼，但他马上也就明白了，他的眼前就现了一个颀长的影子，灰布长衫，运动鞋，还有那长长的脸。

“他和德一样，连他的相貌也差不多和德一样，”他苦痛地在心里说。他的耳边忽然就起了那一个熟识的声音：

“现在是不行的，现在还轮不到你。……不是个人，是制度。”

他觉得一根针突然刺在他的心上，那痛楚使他的身子微微发抖起来。他的脸上又起了一阵拘挛。他在心里说：“怎么又轮到你呢？你和我不是一样的人吗？”那个躺卧在血泊里的尸体就在他的眼前显现了。他想像着那个人怎样躲在黑暗里拿了枪预备着放，又怎样受伤倒下去爬起来再放了一枪。他仿佛看见一缕一缕的血丝从他的身体里冒出来。

“你是不会死的，”他安慰谁似地低声说，没有人听见他的话。他已经抛撇了那两个学徒往前面走了。

他的脚步下得很慢，像在等候什么人。他时时埋下头，不愿意给人家多看见他的脸。但一个思想还来追逼他。

“我们现在不需要暴力，它会毁了我们自己。”那长脸又在他的眼前出现了，那嘴张开，说出了这样的话。接着这话语就起了枪弹的声响。于是那个面孔便马上消失了。

“你——你为什么——”他想问一句话，但是他的眼睛开始润湿起来，他只吐出了这几个字，声音是很低的。“我太激动了，”他禁不住要这样想，就伸了另一只手在眼睛上擦几下。

这是一个很好的晴天，一切都沐浴在明亮的阳光里。马路上拥挤着，依旧是那么多的行人，闹的，笑的，静的，和平常没有两样；但在敏的眼里看来他们都是很陌生的，就像和他隔了一个世界一般。

一辆黄包车过去了，接着又是一辆。过后就有六七个女人挑了担子在他的身边经过，发髻上插满了红花，下面露着一对赤足，汗珠沿着鬓角流下来。

“她们不知道，”他低低念着，他不觉怜悯地笑了。

“我被人跟着了！”忽然这一个思想刺进了他的头脑，他几乎要跳起来。他发觉有一个人在后面跟着他，那是一个青年人，上身只穿了一件翻领衬衫。“我毁了！”他禁不住暗地着急起来。

他慢慢走着，故意做出不知道的样子，却埋着头在思索。但很快地他就掉转身子回头走去，这举动是那人所料不到的，那人只顾往前面走，几乎撞着了他的身子。他却看见了那人的老鼠眼似的一对眼睛。

那人略略停了一下，他似乎不便马上跟着敏掉转身子。敏一转过身就急急走着，等那人跟着追上来时，他们中间已经隔了好几步光景。敏把眼睛往四面看，看见旁边有一家酒馆，他打算趁那人不看见时溜进那里面去躲一下，他知道在那楼上他也可以看见马路上景象。

他走上了步道，正预备走进酒馆里面去，忽然听见在前面起了汽车的声音。他的心马上剧烈地跳动起来，他把脚缩回去，转身走下了马路，站在街边去看那汽车。

汽车还没有到，两个警察就忙着在赶行人，一些人争吵起来，他们都退到两边，把中间让出了一条很宽的路。敏努力挤到前面去。那警察用鞭子拦住他，他便站在警察旁边，他掉头去找刚才跟他的那人，他看见那人正在人丛中挤着，也要到前面来，那两只老鼠眼似的眼睛却不停止地往他这边望。

“我胜利了，”敏想着得意地笑了笑。他的右手在袋里提起了那东西。

汽车在他的眼前出现了。他远远地就看见车外面那两个站在踏板上的马弁。他紧紧地望着那辆车，把全付精神都放在一对眼睛和一只手上。他不能够忍耐地等待着。

汽车逼近了，很快地就飞驰过来。他忘了一切地冲出去，他做得那么快，没有人来得及阻止他。他的眼睛里，就只有那汽车，别的一切都变得模糊了。他甚至没有看清楚车里面的人脸。他疯狂似地把袋里的东西拿出来在汽车前面的地上一掷。他只听得耳边响着许多声音。

于是一个爆炸的声音突然响了起来。他的眼睛花了，在一阵剧痛以后他完全失了知觉。

街中间起了一阵剧烈的骚动，哭叫声压倒了一切。很快地人就逃光了，剩下那宽敞的马路。在那上面凌乱地躺着汽车的碎片，和死伤的人的尸体，马弁死了一个，旅长不过受了一点微伤。离汽车不远的一个地方在血泊里躺着敏，人看不清楚他的脸，那上面全是血，一只脚离开了他的身体。

佩珠伴着德华走在街上往妇女协会去。她们起初听见了响声，不知道什么事情，接着就看见许多人逃进巷子里面来，每个人都带了惊恐的脸色，奔跑着，像有什么可怕的东西在后面追赶一般。

“什么事?”德华拦住一个中年人问道。

“旅长遇刺了!”那人喘着气回答了一句，就跑开了。

像一个响雷打在这个女郎的头上，她们呆住了。过了片刻佩珠忽然伸出一只战抖的手去触德华的膀子，低低地说：“一定是他。我们快去看。”她的心跳动得十分厉害。

她们急急地走着，走进了大街，那里人拥挤得很厉害。有一些人从前面退下来，又有一些人从后面挤上去。

“旅长没有死!”一个粗暴的声音闯进她们的耳朵，绞痛着她们的脑筋，她们侧头看，一个穿着短衣的黑汉子气愤似地走过去了。

“完结了，”佩珠苦痛地在德华的耳边低声说，她的眼睛里射出一股恐怖的光。

“不是他，不是他，”德华茫然地摇着头。这时候一个人迎面撞来，使她站不住脚跟，身子往后面一倒，却被佩珠把她扶住。

她们又向着前面挤过去，很费力地挤进了人丛里，两个人额上都出了汗，背上也湿了一团。那周围的男人的汗气还直往她们的鼻端扑来。她们要移动身子也很费力。前面的人阻塞她们的道路，后面的人又用力往前面挤。

“慧，”德华低声对佩珠说，她看见前面不远处现露了慧的头，那头发依旧飘散着，遮住了半边脸，她用手把慧指给佩珠看。她同时叫了一声“慧。”

“不要唤她，”佩珠连忙阻止了德华。但慧似乎已经听见了那唤声，她就回过头来看，很快地她就看见了她们。她不笑，也不说话。那神情很激动，她只对着她们点个头，交换了一瞥苦痛的眼光。她就回头去看前面，把身子往前面移动了。

佩珠也拉着德华往前面挤上去，恰好前面有几个人走开了，让出一个缝隙，她们便急忙跑过去，再加一点力，出一次汗，她们就到了慧的后面。

“慧！”德华把身子偎过去，欣慰似地唤了一声。

“那是敏，”慧回头看她们，低低地说，“他毁了！”

她的脸上起了一阵痛苦的拘挛。她的身子微微战抖着。佩珠默默地伸一只手去握紧了她的右手。前面似乎松动了一点，后面的人只顾向前面冲，她们趁这样机会又移动了几步。这时候她们快走到一个十字路口。

前面的人不走了，她们也只得站住。她们蹑起脚看，就只看见无数的人头，此外再看不出一点别的景象。太阳直晒着她们的头发，汗使得衣服紧贴在她们的背上。那热气加增了她们的焦虑。她们正在着急的时候，前面便起了一个骚动。许多人忽然退了下来，使她们也站不住脚，只得跟他们退了好几步。

“凶手死了！”“真可怕！”“一身都是血！”许多语句从许多人的口里说出来，她们的耳朵一时间就只能够抓住这几句。

她们躲到了步道上面，就站在砖柱旁，看着那人群像潮水一般向后面退去。慧猛然把右手伸出去抓住了佩珠的一只膀子。她的耳朵里不间断地响着那几句话。

“我再挤上去！”慧坚决地说了这句话，就一个人往马路中间跑，佩珠和德华也跟着跑去。

大部分的人都往后面跑，她们却要到前面去。但前面就立着那肉的屏风，阻拦住了她们。她们带着一脸的汗，疯狂似地往人丛中乱窜，常常是走了两步又退后一步。

前面的人看见她们这样子，便投了一些惊讶和嘲笑的眼光在她们的脸上。

“你们这些姑娘们倒喜欢看热闹!” “前面过不去了。”“那里戒了严不让人通过。”几种声音，几句话向着她们的脸上吐来。也有些光滑的手趁这时候在她们的身上摸了一两把。

在前面起了军号声。她们又退到步道上去，就站立在一家店铺门前，只看见人往后面奔跑。

渐渐地看热闹的人跑光了。接着就现了一小队武装的兵士，他们拥着两部汽车走了过去。

“一定是到医院去。”佩珠低声说，她却看不清楚汽车里面的人，那是被兵士遮住了。

兵士们拥着汽车走远了。好些人又围拢来。她们也挤到里面去。但是前面还不许人通过。大家站了好一会儿，那在十字路口守卫的军警才取消了禁令，放了几个人过去，接着又放过去一些人，慧，佩珠，德华都过去了。

那条街中间就是出事的地点。人刚刚抬走了那马弁的死尸。毁坏的汽车还倒卧在地上。不远处就躺着敏的尸体。

一些人围着尸体看。她们也挤进去。无疑地那是敏的脸，虽然是被血染污了，但脸部的轮廓却能够被她们认出来。身上也全是血。一只脚离开了腿部，飞到了汽车旁边。

“敏，这就是你的轮值罢，”慧想说这样的话，没有说出口，却已经流出了眼泪，她的心从没有像现在这样厉害地痛楚过。她的眼睛模糊起来，她仿佛看见那血脸把口张开，从口里说出话来：“你会常常记念着我吗？”

德华把身子紧靠在佩珠的身上，她的身子抖着，她的眼睛也润湿了。

“我们走罢，”佩珠低声对她们说，她极力忍耐住心里的激动。她知道慧和德华都不应该在这里久看，她就拉着她们走开。

慧起初不理佩珠，她只顾不转眼地埋头看那尸体，过后经了佩珠几次催促，她才跟着佩珠走了。德华早就不能够支持了，她的脸色白得很难看，眼睛里含了一包眼泪。

她们三个人在路上都不开口，好像为着一件事情在生气。后来她们就到了那所旧庙宇。

广场上榕树下面围聚两堆人，在谈论爆炸的事情。她们走进里面就先到妇女协会去。

影正在会客室里和惠群谈论，看见她们进来，便急忙问道：“你们知道那事情吗？”

佩珠应了一声点了点头，那面容很严肃。

“我想××一定受了重伤，”影虽是有些激动，但她的脸上还有一点喜悦的表情，她以为那是一个好消息。

佩珠苦痛地摇摇头，她沉默着。

“敏死了，是他干的！”慧的口里迸出这哭声，她就急急往里面去了，德华也跟着进去。

影的一点喜悦也给慧的话赶走了。她拿恐怖的眼光在佩珠的脸上一扫，她战抖地问：“真的？”

佩珠低下头，苦痛地说：“怎么不真？我们刚刚看见他的尸首，鲜血淋淋的。”

影惊呆了似地望着佩珠，泪水就突然从她的眼里冒出来。她仿佛还看见敏的脸庞在她的眼前荡漾。

“他为什么要干这蠢事情？又没有人派他去干！”惠群直率地问道，她的脸上也带了忧郁的表情，但她并没有流泪。

“我知道，我早就知道。但是他已经定下决心了。”佩珠悲痛地回答。“你想像看，他经历了那么多苦痛生活，眼看着许多人死，他是一个太多感情的人。激动毁了他。他随时都渴望着牺牲。”

“但是这一次他把我们的计划毁了！”影带着抽泣地说，声音低，但很严肃。

“是的，他会给我们带来更多的压迫。”佩珠忍住泪接口说。“这事情他决不会想到——”她还没有把话说完就看见陈清带着一张苍白脸跑进屋来。

十

房里没有人说话，大家抽泣着。陈清埋下头用沈重的脚步踱来踱去。过了半晌德华低低说了一句：“他的蜜蜂……这就像一场梦。”

这时候仁民带着贤——从外面走了进来。众人一齐往门那边看。

“你们都在哭，”仁民悲痛地低声说。

佩珠放开了德华，贤就跑到佩珠的身边抓住她的一只手。

“这是什么时候！你们还在哭。”仁民的声音依旧是低低的，但却是坚定的，这表示他的头脑还很清晰，他的意志还很坚决。

陈清用苦恼的眼光看仁民，严肃地回答道：“我们的损失太大了。”他没有流眼泪，但他的心却因了思念那几个朋友而痛楚着，就像有人拿了刀子在割它。

“仁民说得对，现在不是哭的时候，”佩珠猛省似地说，她摸出手帕揩脸，从眼睛里射出来坚定的眼光。

“现在情形是更危急了，那更厉害的反动马上就会来的。”仁民镇静地说，那相貌很庄严，显然是他临时用一种力量把那复杂的感情压抑了下来。“我们若没有预备，这更大的损失还在后面。”

仁民的平静的话语进了众人的耳朵却成了恐吓的警告。但他们并不因这个就生了惧怕。这时候没有人再哭了。大家都想到那未来的事情。

“我恐怕会里这一次是免不掉了，”陈清带了确信地说，他依旧是激动的，但他并不害怕。

“一定的！他们第一个就会解决工会!”慧抢着说，她的眼睛冒出火，好像她已经准备出发到战场上去了。

“克应该有信来了，他也许会有好消息来，”影带了希望地说，她的眼睛还是红的，但德华的眼睛更红。

“我们不能够坐着等他的信。陈清，你快把会里再洗刷一次，你自己应该避一下，慧，你们也应该搬家。仁民，你不能够再像这样乱跑了。”佩珠趁着他们谈话的时候思索了一下，这时候就把她的意见说出来。她的面貌很庄严，话语很急，眼光轮流在几个人的脸上转了一下，就像在发命令。

“在这时候要我整天留在家里，我就做不到!”仁民微笑地分辩说，这微笑里面并没有一点喜悦，甚至这微笑也是严肃的。

“英倒很好，他整天就在园子里忙着养蜂，”德华接着说了一句。她的意思是要仁民就像英那样做。

“你们要云进城来吗?”惠群急问道，她忽然想到了云。

“不要，他在城外很安全，就让他在那里。陈清明天也到那里去，慧，你们也去。其实仁民也可以去，”佩珠说着，就把垂下来的头发挑到后面去。

“佩珠，你呢?”仁民接着问。

“我留在城里，城里的事情让我来应付!”佩珠勇敢地说。

“你一个人应付不了! 我要留在这里，我不能够放过这机会!”慧抢着说，她红着脸，摇着头，她的飘蓬的头发跟着她的头动，这一次是她像一个狮子。她的眼睛冒出火就像一对狮子眼。她穿着灰的短衫，系着青的短裙，套着黑的长统袜，这装束把她显得比佩珠更勇敢一点。

“我也不去，我愿意和你们在一起，”仁民坚决地说。

“那么你快点去收拾那边，你要人帮忙时，我们都去。”佩珠接着对陈清说。

“不要紧! 那边有人，而且重要的东西已经搬走了，”陈清回答说。“那么我先去了。”他就往外面走。房间里的人继续着谈话，陈清马上又走了回来，脸却变成了白色。

“那边给围住了，”陈清惊惶地说，他变得口吃起来。

这个消息使得众人全都激动起来，他们一齐走到窗前去看对面的景象。他们的眼睛里全是兵。

“陈清，你不要过去了！”佩珠声音战抖地说，她急忙在脑筋里找主意。

“陈清，你就留在这里！”慧也劝阻陈清。

“但是他们会到这里来的。”德华焦虑地说。

“我要回那边去，”陈清预备着往外面走，他说：“如果他们找不着我，就会到这边来。”

“我们这里有后门，大家就冒一次险罢，从那里出去也许是安全的，”慧激动地说。她伴着众人匆忙地走进里面房间，开了那一扇小门，外面是一条很窄很窄的巷子。她告诉他们走完那巷子就有一道门，开门出去，前面是一条小河，但河边有草径可以走。这事情佩珠和影都知道。

“你们快走罢，”慧说着便表示自己愿意留在这里。

“我也迟一点走，”佩珠接着说。她却抓起贤的手膀吩咐说：“贤，你陪仁民出去，他在这里是很危险的，陈清也是这样。我们女人迟一点不要紧。”

“要走大家都走！我一个人不愿意走！”仁民激动地主张道。

“仁民，想不到你还有这种书呆子脾气！大家不走，给捉住有什么好处？我们迟一点走不要紧。你们都先走，就让我和慧留在这里好了！”佩珠着急地责备仁民说，把她的坚定的眼光投在仁民的激动的脸上，那眼光是很锋利的，而且明亮的，就像星光一般。

“好，我们听你的话，”仁民点着头说，他软化了。“你们也应该快快地来呀！”他带了希望的语调对她一笑，这笑容里似乎含了一点悲痛。

影领头，仁民跟着，惠群和贤再跟在后面，他们摸着那高墙沿着巷子走去。陈清不肯走。他很固执，众人都不能够说服他。

佩珠送他们出去关了门再回来。她进了房间，陈清和慧两个人正把脸贴在窗上看对面的景象。

慧听见脚步声就回过头向佩珠问：“他们都走了吗？”她的脸上还带着焦虑的表情。

佩珠默默地点着头，她也走到窗前去看，正看见兵士忙碌地从工会里面搬出种种的东西来。

陈清一面注意地看，一面捏着拳头气愤地低声骂着。

“工会又给人毁掉了！”慧悲痛地说。

“我要去，我不能让他们毁掉它！”陈清粗暴地说，他差不多把工会当作自己的家，看见人家在毁他的家，那气愤和痛惜快要使他变成了疯狂的人。

“陈清，安静一点，你不要太激动了！”佩珠低声说，她一面又唤慧道：“慧，我们快收拾这里的东西！等一下我们就要动身！”她就离开窗前，去开抽屉。

慧继续在哼她的歌，她被佩珠催促两次，也就忙起来跟着佩珠收拾东西。重要的东西已经搬走了。她们再把不甚重要的东西包扎成了两包，放在床上，预备等一会带出去。

陈清依旧站在窗前，他看见兵士们搬完了东西就开始押着人出来，都是工会的职员，都被他们反剪地缚着两只手。

“慧，佩珠，我走了。”陈清觉得他的胸膛里闹得很厉害，那颗心就像要跳出嘴里一般。他忍耐不住，就猝然地掉转身子要往外面走。

“陈清，你到什么地方去?”佩珠唤住他，惊讶地问道。

“到那边去!”他短短地回答，他很苦恼，但他没有绝望，他并不曾失掉信仰。

“这简直是愚蠢的举动！你没有权利白白牺牲你自己!”佩珠严肃地责备说。

“你爱说你常常是乐观的。你现在要学着敏的样子!”慧接着说，话语里带了嘲笑的调子，但她的眼睛里还冒着火光。

“我并不悲观！然而我一定要去。我不能让别人代我去受罪。我去，人家就可以释放他们,”陈清怀着原始般的正义的信仰坚持说。

“不会的，你出去不过多添了一件牺牲品！别人不会得一点好处！你难道还以为那般人会有一点仁慈吗!”

佩珠热烈地阻止说。她也很激动，仿佛觉得如果她说错一句话，她就会送掉一个人的性命。

“你们快走，快去预备应付的方法，让我去牺牲自己使得你们有从容的时间……”陈清抱了辞严义正的态度说话。他的眼睛里射出牺牲的火，他的三角脸红着，那上面添了许多生气。

“但是这牺牲是不必要的。我们都可以平安地逃出去！我们更需要着像你这样的人！”佩珠坚决地说。

“然而他们在工会里抓不到一个重要的职员是不会甘心的，克——”陈清固执地争辩说，他没有把话说完，忽然瞥见外面有几个兵士正走在桥上，往这边过来，他马上变了脸色用战抖的声音对她们说：“他们来了，你们快走！”

慧本来站在窗前，背向着窗户，就马上掉过身子往外面看。佩珠也跑过去，她立刻回到床边拿起那包裹挟在腋下短短地说：“我们三个都走！”

“好，”慧也去拿起了包裹。她急急把严肃的眼光投在陈清的三角脸上说：“陈清，你跟我们走罢。”

陈清迟疑一下，就点点头，一面催促她们说：“你们快走！再迟一刻就不行了。”

佩珠去开了那小门，第一个走出去，慧跟着她。她们再回头来看陈清，陈清微微一笑，便突然把门关了。她们着急地在外面捶着门，一面唤着陈清的名字。陈清并不答应，却反而拉了桌子去把门抵住。

“走罢，”慧叹了一口气说，她把那一对细眉紧紧皱起来。她们就沿着巷子跑出去。

“贤，你还在这里?”佩珠开了门不觉惊讶地叫起来。

贤正站在河边的一株龙眼树下，他一听见响声，便掉转身子，他看见了佩珠，就向着她跑去，他捏着她的一只手，亲切地，快活地说：“我在这里等你们!”他做了一个滑稽的笑容，露了那突出的牙齿。

佩珠微微笑了，爱怜地抚摩着他的头发，一面说：“你这顽皮的孩子，他们呢?”慧也伸出手过去在贤的头上敲了一下。

“他们到你家里去了。惠群一个人回家去，”贤回答着，他看见没有陈清，就问道：“陈清呢?”

“他不肯走，他还在那里面，他把门关了，”佩珠一面说，一面踏着乱草沿着河边走。慧在她的后面，她回头问慧：“慧，你想他们会把陈清捉去吗?”她的脚步走得很快，声音里泄露出来她的焦虑。

“为什么不会呢?他们已经到协会来了!”慧苦恼地说。她接着便用力咬她的嘴唇。过了半晌她又说：“妇女协会从此也关门了！我们的妇女运动也完结了。”

佩珠又掉过头去看慧，她正遇着慧的冒着火的眼睛，她不觉颤抖了一下。慧的那样深的苦恼把她的心灵也震动了。但从这里她却得到一个回答：那只是一句气愤的话，慧和她一样并不相信那运动就会从此完结的。

没有人在后面跟随她们，四周围是静悄悄的。沿着河边生长着一些龙眼树。小河在阳光下面发亮，那水缓缓地流着。她们踏着那快长齐她们的膝头的青草，但却时时被荆棘绊住了她们的长统袜。她们很困难地走完了这一段路，腿上已经挂了无数的荆棘，她们看见并没有人追上来，就放心地用手把荆棘拍落了。

前面立着一堵破墙，已经倒塌了一段，现出一个大洞，地上堆了许多砖块。沿着墙边也有一条小路，但这是引到山上去的，从那里走时，路就愈走愈远了。

砖块上有好些脚印，多半是女人的，显然是德华几个人就爬过墙，进了那一条荒凉的巷子。

“我们翻过墙去罢，”慧提议说，说着便踏上砖块，弯着身子从那个洞里爬进了里面。

佩珠和贤两个人也就跟着爬过去。

里面是一条僻静的巷子，路上堆着好些砖块，石板缝隙里生着茂盛的青草，破旧的墙头上长着仙人鞭一类的植物。这条巷子似乎很久就没有人走过了。在靠里的一边也有几家破旧的院子，但都是些著名的凶宅，没有人在那里面居住。

“我们居然跑到这地方来了，”慧说着不觉笑起来，方才的紧张的心情这时候就宽松了。她站着得意地往四面看，她知道这时候她们已经安全地逃出虎口了。

“快走！到我家里去！”佩珠催促说。

她们看见太阳的位置，分辨出了方向。三个人急急走着，进了僻静的巷子，转了好几个弯，就穿过大街。大街上依旧拥挤着，许多人激动地谈论着旅长遇刺和工会被封的事情。在好些人的脸上她们看出了忧郁和愤怒的痕迹。在十字路警察亭子前面几个兵把守在那里检查行人。

她们急急走进对面一个小巷子，在那里，没有人注意她们。她们拣着僻静的巷子走，故意多绕几个湾。

“我们应该给云报个信息，”佩珠忽然想到这事情就说出来。

“我去！这的确是很要紧的！”慧接着说，她的眼睛又发出光来。

“我想叫影去更安全一点，你比较容易引起人家注意，”佩珠思索一下就反对说，她的态度是很诚恳的。

“不要紧，我一定去！我就去！”慧摇动着头让她的浓发在脸颊边飘舞。她马上把包裹递给贤一面说道：“贤，你把这个拿去。”她又对佩珠说：“你叫影回去收拾东西，预备搬家。”她不等佩珠说别的话，便昂着头红着脸甚至带了得意的样子，掉转身子走了。佩珠回头去看她，只见她大步走着，两只手不停地往前后甩，风吹动着她的浓发，她的短裙也跟着风飘舞，看那姿势就像她是被风吹起了一般。

“慧，”佩珠不觉用爱怜的声音温和地唤了一声，她没有听见，不会转过头来。佩珠也就拔步走了。

两个人到了家，贤就去唤门，德华开了门出来。看见佩珠，德华便现出欣慰的颜色来招呼她。

“慧呢？”德华担心地问。

佩珠进了房间把东西放好才告诉德华说慧到城外找云去了。

“但是云进城来了，”德华婉惜地说。

“他在什么地方？”佩珠惊讶地问。

“就在后面，克自己回来了。他就在城外，云带了他的信进城来。”德华严肃地低声告诉说。

“好，我们到后面去！”佩珠匆忙地说着便走出房间往里面走。

“贤，你就留在外面看门罢，”德华温和地说，对他笑一下好像姊姊在吩咐她弟弟。贤本来打算跟着进去，听见她的话，便应了一声规规矩矩地顺从了。

佩珠进了蜂场，果然看见云在里面，仁民和影也都在那里。他们站在树丛中谈话。英忙着在加糖水，林舍在旁边给他帮忙。

“佩珠，你回来了！又跑得这样气咻咻的！”林舍看见佩珠就笑着叫起来。用爱怜的眼光看她。

佩珠带笑唤了一声“林舍”，随便说了两句话。

“亚丹呢？他为什么不来呢？英一个人又弄不好。”林舍动着大嘴高声道。

佩珠迟疑着，她仿佛看见那灰布长衫裹着的颀长的身子在树丛中动了一下，心里感到一阵微痛，但她连忙做个笑容回答说：“亚丹有事情回小学校去了。”她说完便拔步往云那边走去。德华已经先到了那里在和他们谈话。

“克回来了。那边朋友的意思要我们全都暂时撤退到城外去，只留几个不大被人注意的人在城里，那边马上就派几个新的人来，”云庄重地说。

“工会被封了你知道吗？你那里一定很危险的！”佩珠着急地说。她摸出手帕来揩拭额上的汗。

“我进城来才知道。我们那里已经搬了家，现在另有个秘密会所，每晚上都有工人去，”云严肃地说，他的态度很镇静。

“你知道陈清被捕吗？”佩珠追逼似地继续问。

“陈清被捕？”云惊惶地说。

“他一定不肯走，兵到协会来了，我想他决不会跑掉。他说他要做一个自愿的牺牲！”佩珠激动地说着，声音依旧很低，但脸部的表情却是把悲痛，赞叹，和怀念混在一起。

云的镇静被这几句话搅乱了。他痴呆似地望着佩珠，他的脸色慢慢地变换着，他默默地用力咬着嘴唇皮。

“事情不宜再延迟了。我们应该快些决定。免得再多贡献几个牺牲，这几天里我们就快把最好的人全都损失完了。”仁民严肃地说，他看出了事情的严重，他没有眼泪，他只想到那快来的艰苦的斗争。

“克带来的意见也很对，在这样的环境里我们的势力太微弱了。我们还不能正面和他们抵抗，”影恳切地说。

云歇了片刻，用手揉揉他的塌鼻头，他这时已经恢复了平静的态度。他依旧用严肃的声音说：“城外的工作进行得很好。我们那里太缺乏人。碧去了也还不够。乡下也需要人，那些学生去了以后稍好一点。”

“你们都到城外去罢，我就留在这里，我是不要紧的，”德华坚决地说，她的神情很勇敢。

“我们到外面商量去！”佩珠这样提议说。他们四个人就陆续地走出外面进了佩珠的房间。

不到一会儿功夫，会议就完结了，他们接收了克带来的那边朋友的议决案。影到慧的家里去，德华去妇女协会探听消息，云去看那个旅部里的朋友。

影和云先走了，德华在房间里停一会儿正预备走出去，刚跨出门限，又走回来对佩珠说：

“佩珠，你有一封电报，我忘记了给你。”她翻开桌上的一本书，从里面抽出一封电报递给佩珠，自己匆忙地走了。

佩珠接过电报就急急拆开来。这是S地来的电报。她从桌上的书堆里找出那本电报号码，就匆忙地翻译起来，一面翻书一面写：

“……剑——虹——”

她的心开始猛烈地跳了，她的手也战抖起来，她极力捺住那激动，继续翻译下去：

“失——踪——速——来——婀”

“你看。”佩珠把电报纸递给仁民便把头俯在桌上，一声不响。

仁民读了电报，抬头去看佩珠，只看见她的肩头不住地耸动。他用悲痛和爱怜的眼光把她的头看了好一会儿就把电报纸放回在桌上，在房里默默地踱起来。

过了片刻他走到佩珠的旁边，把一只手搭在她的肩头上，俯下头温和地在她的耳边说：

“佩珠，不要伤心。我们还是到后面走走。”

佩珠慢慢地抬起头看仁民，悲痛地说：“仁民，我能够忍受的，再大的打击，我也能够忍受的。”她就站起来一把拖着他，把头压在他的肩上。

“我知道，我知道，”仁民搂着她的腰，接连温柔地说。“但是，佩珠，你回去吗？你到S地去吗？”

佩珠不说话，过了好一会儿，才抬起头来，松了手，把悲痛的眼光直视着仁民的脸慢慢地摇着头：“我不去，我不能够去。”然后又用恳求的眼光看他：“你替我去罢。你也是他的朋友。”

仁民还不曾回答，贤就从外面跑进来，他是从蜂场里来的。他一进门，口里唤着佩珠，他看见房里的情形就闭了嘴。他瞥了桌上的电报纸便走去读了它。

“佩珠，你要走?”他走到她的身边，拉着她的一只手急急问道，他差不多要哭出声来。

她温柔地看着他，伸手去摸他的头，像在爱抚一个孩子。她说：“我不走，贤，我不愿意离开你们。”

“但是你的父亲——”贤着急地说。因为他疑心她在骗他，故意用这样的话来安慰他。

“我请仁民去，因为那边更需要他，”佩珠插口说，她又把恳求的眼光去看仁民一面温和地问：“仁民你愿意吗?”

仁民的眼睛忽然黯淡了，他把头埋下去，低低地说：“我不能够在这时候离开，佩珠，要走我们一道走!”

“我也走，我和你们去!”贤在旁边抢着说，声音里带了眼泪，他把佩珠的手握得更紧，就像害怕佩珠马上会飞去一般。

“为什么大家都走呢?”佩珠微笑了，她的面容渐渐地清朗了，她仿佛已经驱走了那激情，现在是用她的精细的头脑来衡量一切了。然而眼睛里依旧充满着爱怜的眼光。“我不能够离开这里，尤其是在这时候。仁民，你应该回去，你已经完成了你的使命。你现在可以把你亲眼看见的事情带回去告诉那边的朋友。”

“然而剑虹，剑虹的事情应该你去料理。你不去你不会后悔吗?”仁民打插说。

佩珠的脸色略略阴暗了，她埋下头，过了半晌才抬起来，眼睛里面有泪珠在发亮，但她的面容已经是平静的了。她摇摇头用低低的但又是坚定的语调说："我不会后悔。我已决定了。"她看见仁民不说话，梦幻似地望着她。她就走到他的身边，伸手去挽他的手膀，把身子偎着他，温柔地恳求说："你替我去，我相信你，这就和我自己去一样。你去罢，你没有留在这里牺牲的必要。"她这时候完全没有想到自己的命运。

"佩珠，"仁民侧着头看她的脸忧郁地唤道。两个脸靠得很近，他的嘴差不多要吻着她的额角，他温和地说：

"我不能够拒绝你这要求。但是在这时候要我就离开你，离开你们大家，我实在没有——"

突然外面起了捶门声，仁民惊惶地住了嘴。

"我去。"贤匆匆说了这两个字，便往外面跑去。

进来的是惠群，跑得气咻咻的，一张脸成了青黄色，很难看，两只眼睛恐怖地圆睁着。她一进屋就说：

"慧被捕了。"

"你在什么地方得到的消息？"佩珠惊恐地叫了一声，接着便这样问。

"我看见好几个兵士押着她走。她一路上唱着歌，她的样子没有一点改变，那眼睛里冒出火来，头发飘动着，就像狮子的鬃毛。她看见我，给我做了一个眉眼，就走过去了。"惠群倒在藤椅上激动地说，她接连着在喘气，使她变得口吃起来。

“你看见影吗？她到慧家里去了！”佩珠站在她的面前，注意地望着她的脸，不能忍耐地等候她的回答。

“没有看见！我们应该去找她回来！”惠群的话没有说完，就给佩珠打岔了：

“我去找影，事情很急了。”佩珠就预备走出去，也不和仁民他们说别的话。

“佩珠，让我去！”仁民抢着说，他预备去阻止佩珠。

“我去。你们都不要走！”贤接着说了，他抢着往门外跑。

“贤，你站住！”佩珠跑去把贤抓了回来。她坚决地说：“我一个人去。我知道逃避危险的方法。”她走到门口又掉回过头来对仁民说：“仁民，我父亲的事情托你！我现在管不了那些事情了。”她便匆忙地出去开了大门走了。

仁民跑着出去关了门进来，看见贤躺在床上哭。

“仁民，你为什么不阻拦她？她一去，他们一定会捉住她。”贤抽泣地责备仁民说。

“你这蠢孩子！不要哭。他们不会捉住她。她还要活着做许多事情！”仁民用了极大的力量镇压住纷乱的心曲，他低声回答着贤的话，却慢慢地抬起头去看挂在墙上的那一张新近在意大利病死的老马拉铁斯达的半身像。

雷（附录）

一

一条静寂的街道上有几家荒凉的旧院子，有几棵树，街是窄小的石板道，从石板缝隙里长出了青草。

没有路灯，每家院子的门紧紧关闭着。时候快逼近中夜了，天色是黑暗的。街上没有行人，除了风吹着树叶抖动外，就没有别的声响。仿佛一切都睡去了。

突然黑暗里起了一个低微的响声，一家院子的门开了，从里面射出一点灯光，一个人影闪了出来，接着又是一个，两个，三个……

“敏，那草案你带去了？”院子里面的人低声问。

叫做敏的那青年刚要跨出门限，便回头匆忙地答应了一句：“带走了。”于是他大步走出了旧院子。他的右手里拿着一根火把，光不大，却也照亮了他的圆脸。两只眼睛是很明亮的，他是一个二十岁光景的人。

院子的门关闭了。十多个人被赶到荒凉的街上来。街上就起了皮鞋的声音。都是沈重的，而且单调地在这静夜里响着，没有回应。

火把被风一吹就爆炸似地燃起来，火花时时落在地上。黑暗的街道在它的微暗的光亮里战抖了。那些青年的脚步踏在那街心，永远是沈重的。从一条街道转到另一条街道，大家都不大说话，只听着风吹动树叶的声音。两三个人分成一组，每一组隔了十多步路的光景，后来进了一条较宽敞的街道，于是大家分散开了。

最后的一组有三个人，除了敏外还有一个瘦长的男子和一个中等身材的女郎。

“敏，你们为什么都不开口?”那女郎看见敏把快燃完的火把掷在地上，用脚踏灭了它，却不说话，忍耐不住地问了这一句。她这时候嘘了一口气，似乎灯光给了她一点安慰。

“我们没有话说，当然用不着开口！谁像你那样多嘴?”瘦长的男子接口说。他的态度是有些粗暴的。年纪也只有二十多岁，和那女郎差不多。

“德，我没有和你说话，不许你插嘴！”女郎做了嗔怒的样子对这叫做德的男子说。她掉过头去看敏，敏在旁边笑了，并且说：

“德的态度永远是这样地粗暴；我说这不行，以后应当改掉！”

“我有一个好比喻，德就像一个响雷，那来势倒很凶猛，可是过一会儿什么也没有了。”女郎说着就扑嗤地笑起来。

“慧，你要当心！谨防有一天这个雷会打到你的头上来，”德说这话态度是很正经的，他有些气愤了。他这个人很容易被人激怒，他的朋友们知道这个就常常故意用话来激怒他。

“我不怕，看你的雷怎样打到我的头上来。你至多不过骂女人不革命罢了。”慧得意地回答说。声音里还带着笑。

德不作声了，气愤地沈默着，用力把皮鞋在石板路上踏。他抬了头望天空。天空是黑暗的，没有星子；像一条海，但没有波浪；平静的，深沈的，没有一点响雷的朕兆。他的心跳动得很厉害了。

“慧，你不要和德争论，你们两个遇在一起就免不了要吵架。大家让德安静一点，等一会到家他还有工作，我还要和他商量修改那草案，”敏和平地说。

“草案，你老是谈着草案，敏，你和德一样，你也以为世界上除了草案以外就没有别的东西，你们都不像年青人，”慧激动地说，她这时候脸色突然发红了，但那两个男人都不曾注意到她。他们都在想自己的事情。

“你们女人的心理真奇怪，刚才你不是也热心地讨论着草案吗？……”敏说到这里，就突然换了话题：

"慧，我们送你回去?"因为这时候他们已经走到敏的家门口了。

"我不想回去了，现在这样迟那里恐怕也没有人给我开门，"慧突然转过身望着敏说，声音里充满了烦躁。她有些害怕回到那寂寞的家里去。

"不回去……"敏现了为难的样子沈吟地说。"好，我们三个人挤一下罢。"

慧没有异议。敏就去敲门，敲了好几下，里面才起了应声。三个人站在石阶上等候着，大家都不说话。各人有自己的思想。

门开了，露出一个人脸，一盏煤油灯。"你们回来了。"从里面传出来一个青年的声音，这声音又有点儿像梦呓。

敏先走进去，慧跟着，轮到德时他却用坚决的声音说："我到学校去睡!"就掉转身子要走。

"到学校去，这时候也不容易叫开门了。我们今晚还有事情，你不能走!"敏惊讶地看着德，说了这样的挽留的话。

"我明天早晨再来。"德脸色变得更阴沈了。他不多说话就大步走了。他走得很快，就像害怕别人要追他回去。敏站在门口看他。他马上被黑暗吞食了进去，只有那沈重的皮鞋声还送到敏的耳边来。

敏带了一个不愉快的感觉掩闭了门，转身正看见慧的现着奇异的表情的脸庞，给那青年手里的灯光照亮了。

他们进了房间，那青年问了几句话，就把灯留给他们，自己去睡了。

敏和慧坐下来，没有疲倦，只有激动。两个人都不想睡觉。有什么东西盘据着他们的头脑。

“德的心理真正有点奇怪，原说我们今晚上就弄好那草案，他现在却到学校去睡了。”敏诉苦似地说，又像在对自己说话。

“大概是因为我在这里住的缘故，”慧解释了一句，她极力要表现着镇静，但仍露出激动的样子。

“大概是——”敏沈吟地应道，他开始在思索。

“他今晚故意走开，以后他就有话来嘲笑我们了，”说到“我们”两个字她特别把声音提高起来。

敏不答话，他茫然地望着那黯淡的煤油灯光，过了半晌，忽然站起来，走到桌子前面，用一只手搔了搔头发努力说：“慧，我们现在来弄好草案，不必等候德，明天给他看一下就行了。”他从身边摸出了一束纸件，放在桌上。

慧把两条细眉微微一皱，默默地看着敏坐下来摊开纸件在那里低声念；敏就坐在她的对面，他完全俯下头，似乎就害怕看她一眼。她知道这情形，不说话却开始冷笑了一声。

没有动静，敏抬了头看她一眼，不说一个字又把头埋下去了，他只顾去念那纸件上面的文句，但声音却有些儿颤动。

这单调把慧变得更激动了，她终于忍耐不住，开口叫出了一声“敏”。敏似乎没有听见，她便又叫了一声。

敏停止了工作抬了头看她，他的眼光抖着，他知道她一定有什么不寻常的话语要说给他听。

“你把草案收拾起来罢，在这样的夜里，在这春天的夜里，你为什么还拿草案来折磨你自己？”她激动地说，脸红着，眼睛里射出来光亮。

“草案，那不是很要紧的东西？明晚上开会时就要用它！”敏仿佛知道她在向他挑战了。而且他也明白自己的战斗力是薄弱的。他匆忙地用了上面的话来防卫他自己。

“草案，那是明晚的事情！你不觉得今晚和明晚的中间就隔着一个很大的界限吗？也许我们明天上午就会离开这个世界。为什么我们今晚就不该想到别的事情，个人的事情？……敏……”她热烈地，辩驳似地说着，那声音里含了不可抗拒的力量，当一个女人被激情鼓舞起来的时候，那是很可怕的。她的声音后来变得柔软了。她伸一只手去抢了敏的纸件，揣在她的怀里。

“慧，不要开玩笑，我们谈正经话。把草案还给我！”敏受窘似地站起来说：“我明白你的意思。那是不行的。我们不应该想到个人的事情。”

“然而你要知道我们女人不单是靠着草案生活的。你们可以整天价埋头去弄什么草案。我们不行，我们还需要别的东西，”慧强硬地辩驳说。

“但是苏菲亚——”敏带了困难地接下去，但他刚说了五个字，就被慧抢着说了：

“苏菲亚，你们的理想就只有苏菲亚！苏菲亚不是也有她的热利亚博夫吗？谁个女人不需要人爱？”她很聪明，她看见她的话已经在他的脸上发出什么样的影响了，她像一个胜利者似地继续去追逼她的敌人。

“无怪乎德要常常骂女人了。”敏带了微笑说，他就用微笑来掩饰自己心里的激动。“我们四周围充满了哭泣和呻吟，这时候你们还想到爱情上面去？这事情只有你们女人能够做。”他口里这样说，心里却并不完全这样想。

“你又拾了德的话来说！其实那是很自然的事情。人生下来并不是完全为了给与。也该有一些享受。我们既然有这本能，当然也有这权利。为什么我们就应该牺牲掉这个权利？人说革命家应该像一株枯树，那是腐儒的话！”慧继续说着，笑容笼罩了她的因激动而发红的脸。

敏把慧呆呆地望了半晌，他的脸上的表情很快地变化着。他被种种的思想缠绕着，后来他才下了一个决心，对她说：“你也许有理！我不和你辩论了。我现在也不向你要草案，我到上面明那里去睡。你好好地睡罢。有话明天再说。”他激动地说了上面的话，不敢再看慧一眼就匆忙地往外面走。

慧并不挽留他，她甚至也不站起来，她只冷笑地说了一句：“我知道你没有这勇气！”那神情有些鄙视他。

敏已经走出房门，听见这话又回转来。他的脸被一层薄雾笼罩着。他的眼睛就只看见她的给浓发掩盖了一半的白皙的圆脸。他站了半晌，好像有一种力量牵引着他，他一直走到她的面前，伸出了两只手。

在他们两个人的中间再没有争论了。激情像一根带子把他们缚在一起；激情燃烧起来就像一股猛火，它烧掉了周围的一切，把黑暗也变成了光明。

夜色慢慢地淡了。

二

第二天下午敏带了修正的草案给德看，在学校里遇见了德。他看见敏，第一句话就是：“昨晚上有什么花样？”

敏红着脸，即刻找不出话来回答，过一会才用别的话支开了。德不注意到这事情，他却只顾说：

“为什么上午不来？我等了你许久。”

敏很容易地找出了解释的话，他的眼睛里还有慧的影子在跑。

两个人就同着走进了德住的那个小房间。一张木板床，一张破桌子，一堆旧书，这就是房里的重要陈设。

“今早晨慧什么时候走的?”在讨论草案的时候德忽然这样问起来。

“八点钟。”

“我不相信。”德表示怀疑地说。

“我用不着骗你!”敏正经地回答着。

过了一会德又把草案放下了，沈着脸对敏说:

“敏，你要当心!慧很厉害，不要上她的当。”

敏庄重地回答道:“我和她又没有什么关系，你说这话是什么意思?那么昨晚上你为什么要走?”他的眼睛里依旧有慧的影子在跑。

“昨晚上你根本就不应该留她在你那里睡!”德说着脸上也露了笑容。

两个人又继续着讨论那草案，这并不需要很长久的时间。但是慧来了，同来的有一个叫做影的女学生。

“慧，我问你，今早晨什么时候回家?”德一看见慧，就收起了草案发出这问话。

“十点钟，”慧不加思索自然地说了出来，敏吃惊地看她，想阻止她，已经来不及了，他的脸上立刻发红起来。

德默默地把脸一沈，就站起来往外面走，仿佛并没有注意慧的答话。

“我们一来，你就走，什么缘故？”慧带笑地问他，她的脸上忽然带了一点不自然的表情。

“我有事情，没有闲功夫陪你们玩！”德粗鲁地回答着就走了。

“但是影有话要和你说，她特别跑来看你，”慧赶出去唤着德说。这时候影也跨了门限出来。

德站住了，看见影就问：“什么事！”

“你给我的书已经看完了。我还想再讨几本另外的。”影带着一个女孩子的谦逊的神情说。她的唇边露着微笑。

“好，我明天托人给你送来……你都懂吗？”他带笑说。

“大意是懂得的，有不懂的地方她已经给我解释了，”她说话时回头去看了看慧。

“好，”他说了这一个简单的字，点一下头就转身走了，很快地就进了另一个房间。

敏从房里走出来，轻轻拍了一下慧的肩头低声说，“慧，我有话和你说。”于是两个人就抛开影往外面走了。

过了一点钟光景德弄好了那草案走出来，经过他自己的房间，推了门进去，看见影在里面，就惊讶地说：“你还没有走？一个人！他们到哪里去了？”

“我在等你，”影胆怯似地回答说，“我有一点事情。"她的椭圆的脸庞上仿佛堆了几片黑云，一对眉毛紧紧地绉在一起，样子显得很可怜，和先前的不同了。

"什么事情?"德的声音变得温和了。

"父亲不许我读书了，他要我回家去结婚，"她站起来用一种忧郁的声音说。"这样看来，什么都完结了。"她说着仿佛就要哭出来。

德一时找不出话来说。但是一种异样的感觉在他的心里生长了，他自己也分辨不出来，是同情，是怜悯，还是别的。他有些受窘了。

"我实在不愿意回家去，我不愿意……"她还想接连地再说几个不愿意，但她被一个悲痛的感情压倒了，她低下头不让他看见她的脸，却用力在咬自己的嘴唇皮。

"不回去，一定不回去!"德气恼地说，他心里很不快活。"苦恼是没有终结的。我们太慢了!"他就在房里大步走起来，这房间很小，就像囚笼一样把他拘束住了。

"慧劝我反抗，但是我没有能力，我又爱我母亲……"影诉苦似地继续说。她的声音就像游丝一般地软弱。这时候她显然是没有了主见。

窗外在那天井里学生们快乐地笑闹着，那些清脆的声音在春天的空气里飞跑，进了这小房间，就增加了德和影的苦恼。

德气青了脸，气红了眼睛，他觉得好像这房间倒塌了，就全压在他一个人的身上，压得他不能够动弹。他猛烈地抖动身子，捏紧一个拳头放在桌上大声说：“你一定不要回去！我们有办法！”

影惊讶地抬起头来看他，不知道他的主意究竟怎样。过了半晌她才畏怯地说：“慧叫我搬到她那里去，她劝我就不要住学校了。”

“这也是一个办法，”德接口说，“总之我们一定帮助你！”

“但是母亲……”影用亲切的语调谈起了母亲。

“母亲不要管她，她不久就会死了。你没有理由为了母亲牺牲你自己！”德坚决地说，那神情就像一个裁判官在宣告被告的死刑，被告却是那较前的一代人。

“我不能够这样想，也许我是太软弱一点，”她谦逊地辩解说。“也许我的旧习惯很深。……不知道像我这样的人，你们肯不肯要？我一点能力也没有，我很想跟你们在一起做事。”她恳切地望着他。在她的脸上那愁云渐渐地淡了。

“那你以后就应该强健起来。我们自然欢迎你。什么人我们都欢迎的，”德有些高兴了，他的脸上也有了笑容。

“好，你就决定搬到慧那里去。家里的事情就不要管它。我们会找事情给你做。”他站起来预备走出去，影也只得走了。

“影，告诉你，我看见多一个青年反抗家庭，反抗社会，我总是高兴的，”德粗声说着，动了动他的长身子，就满意地微笑了。

德把影送出去，一路上谈了些鼓励的话语。在学校门口广场上大榕树脚下，敏和慧站在那里谈话，慧把身子靠在树干上，飘散的黑发遮了她的半个脸，蓝花格子的布衫掩着黑的短裙，两只健康色的手腕不时地动着。看见德，她远远地就送给他一个微笑，那两只亮眼睛就像钢刀般锋利。

“慧的确有些魔力！”德不觉这样一想，就觉得慧的面影向着他压下来。但马上他把身子一抖，好像要抖落掉这个可怕的影子。

敏在慧的旁边徘徊，看见德，就大声唤他。影本来走了，却又给慧唤了回来。

“明晚上有一个学生的会，影，你一定参加罢，”慧在影的耳边说。

一道红霞上了影的面颊，在激动的感情里她的眼睛看见了另一些奇异的景象。她答应了。

学校里钟声响着，最后的一堂课完毕了。接着一群青年的学生从里面跑出来。

三

一个傍晚，影跟了慧去参加那学生的会。慧不告诉她会场在什么地方，她只是默默地跟着慧走。她的心情很奇怪，她平常很少是这样。这是紧张，是高扬，她自己找不出话来形容。

她们穿过一条巷子，又走过一条长街，走的总是些不平坦的石板路，路旁偶而有几家旧的小院。有几处，路旁就长了深的青草。刚下过雨，石板有些滑，空气却很新鲜，而且有草香，有树香。从院子里伸出来的荔枝树在开花了。

没有月亮，有几颗星，天色却是很亮的。街道很寂静，她们所走的都是些僻街，这时候差不多就没有人经过。只偶而有一只狗跑在她们的后面叫起来。影的心因了胆怯而厉害地跳动了。慧却没有一点怕惧。她那镇静安详的态度使得影禁不住要佩服她的胆量。

最后在一个旧院子门前她们停住了。那两扇矮小的门关住了里面的一切，在影的眼里看来这院子和别的并没有两样。但慧轻轻在那门上敲了两下，门马上就开了。从里面露出一个孩子的脸。

“慧，是你！”那孩子对着慧笑了笑，又用天真的眼睛把影打量了一下。影看见他的天真的面孔就很觉得奇怪，他年纪很青，至多也不过十五六岁。

“这是影，就是我说过的那个，”慧对那孩子这样解释过，就带了影往里面走了。

“他这样年青，就到你们这里面来？”影一面走一面低声问慧。

“他还不算是最小的，他已经有十九岁了，”慧不在意地说。她一面又要回答别的青年的招呼。

她们走完了天井，就进了一个小廊，那里面有一个楼梯引了她们到楼上去。

楼上两个房间里面都有不少的人。前面一个房间接连着露台，房间不大，只有些少的旧家具，好些人就坐在地上。德已经来了。影看见他站在露台上和两个学生谈话。

人家叫影坐在那张木板床上，坐在她的旁边的还有两个女学生，慧到露台上去了。房间里好几组人在低声谈话。接着又来了几个人，夜也跟着来了。

“明，再没有人来罢，”德在露台上面转过身子问那个站在门上的方脸学生道。并不等明回答他，就继续说：“不等人来，我们就开会罢。”

“好，人来齐了，”明回答说。接着房间里起了小的骚动后，后面房里和露台上的人都拥挤到前面房间里来。除了五六个人外，大家都盘脚坐在地上。门关闭起来。桌上一盏旧煤油灯的微光黯淡地在一些人的脸上涂了一层黄色。众人沈静着，三四个人用窒息的声音咳嗽。在片刻的宁静之后明的声音响起来了。

明说明白了开会的本意，就让德来说话。德坐在桌子前面，背着灯光，人看不清楚他的脸，但他的话语是不会被人遗漏的。他从开始说到结尾，中间就没有停顿过。热情鼓舞着他，又使他鼓舞着别的人。他陈说着，在目前的环境里青年团体应该如何地加紧工作。他的论据在那些学生的耳朵听来是异常雄辩的。每个青年的心都为他的话而战抖了。

影在这环境里是生疏的。但德的话把她吸引住了。这些时候她就没有把眼睛离开过德。德的脸就像一个鹰脸似地压迫着她的眼睛。她被两种思想磨折着：时而，不要再说了；时而，继续说下去罢。他的话被她完全听进了耳里，而且经过了仔细的咀嚼。好些话使她很难堪，但她又禁不住在心里说："你是有理由的！你是有理由的！"在她的谦逊的女孩的心里，她把德过分地看重了。

街上简直没有一点声音。夜从窗外窥进来。房间里空气很沈闷，又有好些人在低声咳嗽，但德的话语依旧没有阻碍地流下去，像一股水流。水流进了影的心里把她的畏怯全洗了。"他有好些话都是指着我说的，他在指摘我的错误，"当她听见德说到对于旧势力应该坚持着不妥协的态度时，她忍不住激动地这样想了。

水终于流尽了。德闭了嘴让另一个青年起来说话。接着第三个人又说，就这样继续着。这全是些工作报告和以后的工作计划。影觉得自己不能够全懂。但她也努力听了。她很奇怪，好几个年纪很青的学生居然是那么勇敢，她平时也偶尔遇见过他们，她决不曾猜想到。还有她旁边坐的那个相貌丑陋的女学生也说了许多使人激动的话。所以当她被介绍到那些同伴中间时，她不觉惭愧地红了脸。别人接连问了她几句话，她一时几乎回答不出来。

后来会开完了。门打开，人陆续散去。学生们赤脚走下楼梯，每一个青年的脸上都带了严肃的表情，不说话，好像奉了一个重大使命离开这里。

影跟着慧走了。她们走得不很快。一会儿德就从后面赶了来。他走在她们前面，和一个学生谈话。

没有人预备火把。灰白色的天空给这一行人指着路。影一面和慧说话，一面却在注意德的背影。德的瘦长的影子像一只鹰盘旋在她的头上，那大的翅膀给她遮住了眼前的一切。

四

回到家里。慧和影进了房间。慧燃了桌上的煤油灯，看表已经是十二点钟了。

“今晚的印象怎样？”慧这样问影。

“我只有感动。我不配说别的话。”影说这话时还感到心的跳动。

“你觉得德怎样？”慧在床沿上坐下来，露了一个笑脸。忽然发出这问话。两只亮眼睛敏锐地望着影。

“德——”影刚说出了一个字，就闭了嘴，她的脸给慧看得发红了。她低下头过了半晌才抬起头，不自然地问道："你问这话是什么意思？"

"看你就这样害羞了！"慧狡猾地笑起来。她把身子倒下去，斜卧在床上，过后又站起来，走到影的身边，把一只手搭在影的肩上微笑说："大家都说德很讨厌女人。但是他却有些地方使女人禁不住爱他！"

影惊讶地回过脸看慧，这两个女人的眼光成了两根平行线。于是影的眼光往下面移动。她的脸渐渐阴沈起来。她不回答慧的话。

"影，我的话不会伤害你，你为什么忽然又不快活了？"慧就把半个身子靠在影的身上，在她的耳边体贴似地说。

"我在想我自己的事情，和你的话没有关系。"影开始辩解着。"我的身世是很苦的。……父亲严厉，待我没有一点感情，母亲多病又瞎了眼睛。我过去就很少有过欢乐的事情……"影的声音抖动着，好像一滴一滴的眼泪就从那里面流下来。那脸上的表情是凄惨的。

"为什么要谈过去的事情，现在的情形不同了，你已经走进新的路了，"慧紧紧偎着影温柔地安慰说，就像把影当作她的妹妹。

"慧，你是幸运的，你的环境好，你有勇气，你已经站立起来了。我却怕我没有这勇气。我现在还不知道能不能够脱离苦海？"影的苦恼的声音深深地打动了慧的心。影把双手蒙住眼睛，似乎怕见那灯光一般。

慧把脸紧紧靠着影的脸，用温柔的声音，差不多要咬着了影的耳朵说："影，不要伤心。现在社会里我们女人的生活的确太苦了。但是我们要争回我们的幸福来。你就忘记了今晚看见的碧和平？她们的过去环境都是很坏的，并不比你好。碧从小就死了父母。但是现在她们都是学生团体里面的活动分子了。"

影听清楚了慧的话。她记得碧和平，碧就是那个时常发言的丑陋的女学生，有小的眼睛和高的颧骨，她的热烈而富于条理的说话，使许多人表示赞同。平相貌还端正，不大说话，在场的人似乎都很敬重她。她就是那房屋的主人，是她和另一个男同伴用了夫妻的名义把那房屋租下来的。慧告诉过她，平曾经为团体做了好几件事情。她们今晚和她也谈过几句话。她们的年纪并不比她的大，为什么她就和她们差了这么远？

"我希望我能够做到她们那样，"影挣扎了许久才努力说出了这一句话。这时候她仿佛看见那只大鹰的黑影向着她的头压下来，但慢慢地鹰又飞走了。

"影，快乐起来。我的生活里是需要快乐的。为了那个大事业我们会牺牲掉一切，甚至明天的太阳和空气。所以我们有空时间，就应该把它快乐地度过。我是需要快乐的。"

影觉得她的身子在慧的紧抱中发热了，慧的小嘴唇就吐热气在她的脸上。她觉得那悲哀在她的肚里堆积起来，要到了她的喉管，但忽然间全都消去了。她就伸出手来回答慧的拥抱。

五

团体里工作一天天地紧张起来了。德好几夜就没有睡够觉。

星期日下午学校里很静寂，学生们都回家或出外去了。没有人来搅扰德，让他安静地躺在木板床上。温暖的春天的空气很容易叫人感到疲倦。很快地德就抛掷了手里拿的一本书，闭着眼睛沈沈地睡去了。

他从来不做梦，一闭上眼睛就失了知觉，直到第二次睁开眼睛。但这一天他却有些糊涂起来了。他觉得一块热的东西压在他的脸上，一股热气直往他的口里喷，使他的身子变得更软了。但他还在努力挣扎。他想，这一定是梦。于是他微微睁开了眼睛。一个女性的面庞贴在他的脸上。那热的嘴唇就紧紧压着他的嘴。一股香气刺进了他的鼻端。他吃了一惊，就睁大了眼睛，想站起来，努力说：“是你?”然而那个柔软的身子又压倒在他的脸上。那热气使他的头脑昏乱了。他屈服似地伸了两只手来抱着她。

这陶醉使德忘了自己。但过一会儿他又慢慢地清醒起来了。慧的战胜者似的笑脸刺着他的眼睛。他忽然生起气来，就推开慧在一边，自己从床上起来，一个人烦躁地在房里大步踱着。但房间太小了，拘束了他的脚步。

“慧。你这小鬼！你为什么跑到这里来?”他恨恨地对着慧说，慧坐在床沿上，带了狡猾的笑脸看他。

“我要来看看你这个雷究竟怎样厉害！”慧看见德的懊恼的样子更加感到了胜利的得意。

“我说你们女人都不行，你们都是自私自利的。你们都该挨雷打，”德挣扎红了脸骂起来。

“可惜你这个雷只是空心雷，没有一个女人会怕你!”慧冷笑说。“现在你的最后防线被我攻破了。哈哈!”

“攻破了，对你又有什么好处?”

“我就讨厌你们这般公式主义者！开口闭口总是说女人不行，说恋爱是革命的仇敌。现在你该明白了你的弱点罢，哈哈!”慧带着笑站起来，两只眼睛半轻蔑半引诱地望着他。

德没有话说，就垂下了头。

“可怜影还把你当作一个神圣不可侵犯的圣人!”慧进逼似地讥笑说。

“好，我给你一个满足罢，”德忽然粗声说了这一句，就扑过去，一把抱住了慧的细腰，疯似地把吻像阵雨般地落在慧的脸上，唇上。他的拥抱是那么紧，使得慧软弱下来了。慧从来没有这样软弱过。

这样过了好一会德就放松了手，捧着慧的身子粗暴地把她往床上一推，让她倒在床里，就像抛掷了一件用旧了的东西。然后他半疯狂地笑起来，接连说：

“你害了敏，还要来害我。我不怕，你记住我是一个雷，一个雷。”

“敏，我为什么害他？那是两人同意的事情。而且现在也完结了。”慧坐在床沿上抚着她的疼痛的身子。那胜利者的骄傲已经完全丧失了。泪珠从她的眼腔里流下来，但这并不是为了悲哀。

两对眼睛望着，眼光成了两根并行线。看那脸部的表情，他们就像两只斗兽，等着机会互相来吞食。

时间在沈默中过去了。还是慧让步先开口说话：

“德，让我们现在来讲和罢。我们为什么定要装得像这般地互相憎恨，这对于事情有什么好处？”

“但是——”德挣扎似地说，他把眼光掉开不看她。“我们的事业已经好几次给你们女人的爱情破坏了。你现在又来……你把敏和别的人都抓在手里玩弄着。但我不是敏那样的人。”他努力在记忆里找寻女人的坏处，尤其是慧的罪状，想拿这些来做自卫的武器。

“那不是我们女人的错，大家都应该负点责任，”慧温和地辩解说。“自然给我们一种本能，一种欲求，我们就有权利来使它满足。高德曼在她的自传里就没有一点隐讳地叙述了她的许多次的恋爱。我的见解和行为和她的并没有不同处。”

高德曼是德崇拜的一个女革命家，她的两大册的自传德已经读过了。那里面甚至有这样的事实：在年青时候，她曾有一次为了事业到街头去拉客人。慧真聪明。她知道德的弱点。她一提高德曼，德就无话可说了。的确他再找不出话来驳倒慧。

她的一切行为都是有理由的。她究竟是一个勇敢的女同志，那可爱的圆脸，堆在右边脸颊上的飘散的黑发，光亮的眼睛，大的嘴唇，健康色的手腕，这一切都是值得使每个青年男子心醉的，现在她自愿地全都给他，他也是一个年青人。他不能够再固执地拒绝了。

六

晚上在一个集会里德遇见了敏，德几次在谈话的时候红了脸。后来关于某一个问题敏又和德吵架似地争论起来。德很疑心是敏故意向他挑战。

开过会，德最先走出来，敏却在后面唤着：

“德，等我一下，我有话对你说。”那态度是很恳切的。

德想敏一定是和他谈论关于慧的事情。他有些不愿意听敏说这件事。但他也答应了。

两个人走在寂静的街上，敏用手电筒照着路。德和敏离得很近，他看不见敏的面孔，但听见敏的急促的呼吸。

“德，你为什么这几天不到我这里来睡？”敏用了窒息的声音问。

“我没有空，”德短短地，冷冷地回答着。

“这是假话，我知道这是假话！”敏战抖地辩驳说。“你不来，是你不高兴我，为了慧。”德听见他的话就仿佛看见他的心的跳动。

“你知道，就不用说了。”德只怕敏再说到慧的事情，他想用这一句话来堵塞他的嘴。

“德，我诉告你，我现在向你说真话。我不能够再瞒你。我和慧已经发生了关系。”敏说这些话，声音抖得更厉害，感情激动着他，他似乎要把心都吐出来给德看。

德有些受窘了。他想不到敏会拿这样的态度对待他。自然敏不知道他和慧的事情。但他能够永远瞒住敏吗？他找不出适当的话来说，他第一次感到踌躇了。

“这也许是不对的，你们大家在努力工作，我却把时间浪费在个人的享乐上面，我觉得很抱歉，仿佛你们大家都因此看轻了我，”敏恳切地甚至带了懊恼的调子说。

德被敏的态度感动了。他觉得应该安慰敏。但马上另一种思想又制服了他。他想敏也许是在故意试探他，敏也许已经知道了他和慧的事情。那么他的话就没有一点用处了。他不能说别的话，只接连说了几个“不”字，这只是在分辩说他们并不看轻他。

“这几天慧又和我冷淡起来，不知道这是什么缘故。

我的心早被她拿去了。离开她我仿佛就不能够生活下去。……她一定是爱上了别人，她也许是拿我来开玩笑……但是我离了她，就不能够生活下去。德，帮忙我罢。”敏的声音一直抖下去，和风吹动树叶的声音伴奏着，不远处有两只狗叫起来。黑暗包围着这沈睡了的街道。只有手电筒放出来一圈光照亮了两人的脚步。在这沙漠般的寂寞的背景里这个被爱情所苦恼着的男子显得更可怜了。

“敏，这是什么样的一个观念！你会说出这种话！你这蠢人！你自己难道就不会害羞？”德被许多琐碎的思想纠缠着，正在解不开。听见敏的最后一段话，就带着气恼努力从那网中挣扎出来。他开始责备着敏，但话里面没有恨，只有关心。“这全是幼稚的行动，我不能给你帮忙。”

“你不能够了解我的心。你完全不懂得。”敏听见那些他所不曾料想到的德的答语就摇着头感叹地这样说。然后他又用他的战抖的手一把抓住了德的手膀，不住地摇撼着。“德，你去把慧给我找来，你去，你一定去！”

“敏，不要装傻。你再是这样，我就不和你一道走了，”德变得烦躁起来，他不能够再忍耐地静听敏的话语。慧的脸在黑暗里现出来，口里说：“我和敏的事情现在完结了。”他应不应该把这个消息告诉敏？把他和慧的事情告诉敏？这思想像苦刑一般磨折着他。

“德，你一定去，你去告诉她……我的心跳得这么厉害……要她来……我需要她，”敏半疯狂地哀求说。那只手依旧紧紧地抓住德的手膀。

“你这傻子！明天见！”德起初不答话，后来忽然被一个狂暴的思想占有了。他猛然把身子一抖。摔开敏的那只手，短短地念出了这几个字，就向着黑暗里大步走了，抛了敏在后面。

敏跟着赶上去，德便加快了脚步。在一条三叉路口，敏看看要追上德了，却被一只手拦腰挡住。

“往那里走？”一个兵士站在他的身边严厉地问道。

“回家去，××街。”敏用了电筒去照那兵士的脸，一个黄瘦的三角脸。

“电筒拿过来！”那兵士更严厉地命令道。

“不拿给你！这是我的东西！”

“拿过来！”兵士坚执地命令道。

“我不拿，你没有权利命令我！”敏昂然地反抗说。

“你不害怕？”那兵士就把盒子炮抵住他的胸膛。

“好，拿给你！”敏知道再反抗也没有用处，就把电筒交给了兵士，转身要走开。

“不行！不准走！”兵士接过电筒就大声叫起来，拿了电筒去照敏的脸。

“电筒交给你，还不能走吗？”敏装出一个平静的声音问，但颤动是掩饰不住的。

“不行，还要检查!”

一个恐怖的感觉压倒了敏，他知道身边有些文件是不能够给那兵士发见的。他在想逃避的方法。

兵士看见敏不说话，就动手来检查，敏预备着抵抗。恰恰在这时候一个雷响了，打在兵士的头上。兵士把身子一侧，在他的身后就出现了一个瘦身的黑影。

“德，你！……”敏快活地叫起来。

“敏，你回去。让我来对付这东西！我的气力比你的大!”德的粗暴的声音把静寂的黑夜搅乱了。同时他在夺兵士的盒子炮。敏在后面拖住那兵士的手。

“敏，你走！你的身边的文件要紧!”德又一次命令地叫起来。于是一个剧烈的斗争就接着发生了。

七

第二天城里就轰传着一件重大的事情：一个外省青年人打死了一个兵士，夺走了盒子炮，却又给别的几个兵士抓住当夜枪毙了。

青年的尸首陈列在一个旧院子的门前，那院子没人居住，是一所著名的凶宅。据说那青年就是在这里被枪杀的。

许多人围着尸首看。看清楚了的就满足地走开了，让没有看见的人挤进来。兵士们守着尸体，想借这个做线索来捕捉死者的同党，但等了一个整天都没有得到点线索。于是他们就把尸首掩埋了。死者是什么样的人，有什么样的名字，他们却始终不知道。

事实上德的好些朋友都到场来看过。慧和影就去过好几次，每次都是流着眼泪离开的，但那些愚蠢的兵士却完全不曾注意到。

最后一次她们回到家里，影忍耐不住就倒在床上把脸伏在枕上哭起来。

慧没有哭，她在房间里踱着。影的哭声把房里的空气也弄得变成悲哀的了。沉默很使人难受。那哭声渐渐地刺痛了慧的心。慧就坐到床沿上去，抚着影的起伏的肩头劝慰说：

“影，不要哭了。你不听见敏说过，德是为什么死的吗？那是很光荣的事情。你用不着为他伤心！”

“但是德不会活转来了，”影抽咽地说。

“我们还有别的人呢！死了一个德，会有许多新的德来继续他的工作。这不算是什么大损失！”慧说这话自己也知道是很勉强，她极力抑制住她的声音，不要使那里面带一点感情。

“这不是损失？”影像小女孩似地哭着分辩道。“你不知道，你不爱他，你一点也不关心他，你不知道他的好处！”

慧又被这几句话扰乱了心，就猛然地站起来。她的眼前仿佛现出了德的鹰一般的面庞。那两只光一般的眼睛，那一对铁一般的手腕，那一颗炭一般的心，现在都消灭了。她还说这不是一个损失！她不能够这样地欺骗她自己。

“现在他死了，我可以告诉你一句话：我爱他。……我爱他，可是他至死还不知道。我把他当作我的一盏明灯，现在这灯却给暴风雨吹灭了！……他的样子那样惨，我们却只敢躲在人丛里偷偷淌点眼泪，”影抽泣地说完了这些话，又伤心地哭起来。

慧站在房子中央，呆呆地望着壁上挂的高德曼的放大照像，想从那女革命家的刚毅果决的面容上得到一点鼓舞来抵抗影的哭诉。她努力去想别的更远的事情，但没有用，她终于自语似地说了下面的话：

“德，我不是常说我们的生命是不会久长的吗？……现在我们永远和解了。你的雷不会打到我的头上来了。你的雷，那的确是一个响雷呵！”

说到最后，她觉得声音有些涩了。突然那感情在她的身体内满溢起来，就像要往外面奔放似的，她忍耐不住，就急急走到床前，俯倒在影的身上，把嘴放在影耳边低低地说：

“影，我的悲哀也是很大的。我也爱他，我很久就爱上了他。”

图书在版编目（CIP）数据

电 / 巴金著. — 北京：中国国际广播出版社，
2013.1
（良友文学丛书）
ISBN 978-7-5078-3541-0

Ⅰ. ①电… Ⅱ. ①巴… Ⅲ. ①长篇小说－中
国－现代 Ⅳ. ①I246.5

中国版本图书馆CIP数据核字（2012）第266126号

电

著　　者	巴　金
责任编辑	张娟平　聂福荣
版式设计	国广设计室
责任校对	徐秀英
出版发行	中国国际广播出版社（83139469　83139489[传真]）
社　　址	北京复兴门外大街2号（国家广电总局内） 邮编：100866
网　　址	www.chirp.com.cn
经　　销	新华书店
印　　刷	环球印刷（北京）有限公司
开　　本	620 × 920　1/16
字　　数	100千字
印　　张	13
版　　次	2013 年 1 月 北京第一版
印　　次	2013 年 1 月 第一次印刷
书　　号	ISBN 978-7-5078-3541-0/I · 387
定　　价	38.00元

CRI 中国国际广播出版社
欢迎关注本社新浪官方微博
官方网站 www.chirp.cn

人文阅读与收藏·良友文学丛书

(1)	鲁　迅　编译	竖　琴
(2)	何家槐　著	暧　昧
(3)	巴　金　著	雨
(4)	鲁　迅　编译	一天的工作
(5)	张天翼　著	一　年
(6)	篷　子　著	剪影集
(7)	丁　玲　著	母　亲
(8)	老　舍　著	离　婚
(9)	施蛰存　著	善女人行品
(10)	沈从文　著	记丁玲
	沈从文　著	记丁玲续集
(11)	老　舍　著	赶　集
(12)	陈　铨　著	革命的前一幕
(13)	张天翼　著	移　行
(14)	郑振铎　著	欧行日记
(15)	靳　以　著	虫　蚀
(16)	茅　盾　著	话匣子
(17)	巴　金　著	电
(18)	侍　桁　著	参差集
(19)	丰子恺　著	车箱社会
(20)	凌叔华　著	小哥儿俩
(21)	沈起予　著	残　碑
(22)	巴　金　著	雾
(23)	周作人　著	苦竹杂记　（暂缺）